罪な約束

愁堂れな

幻冬舎ルチル文庫

CONTENTS ✦目次✦

罪な約束

✦カバーデザイン＝小菅ひとみ（CoCo.Design）
✦ブックデザイン＝まるか工房

イラスト・陸裕千景子✦

罪な約束

プロローグ

熱海《あたみ》で『こだま』から在来線に乗り換えたときも、尾行はついていなかったと思う。尾行も何も、多分俺には逮捕状が出ているだろうから、見つかればその場で即逮捕、となるんだろうが。

髪も自分で黒く染めたし、普段はかけない眼鏡《めがね》もかけているし、手配書の写真とは随分違う風体《ふうてい》になっている自信はある。が、ちょっとでも人に凝視されると腋《わき》の下を冷たい汗が流れた。

自分は駅に貼られている『手配書』になど興味を持ったこともないが、世の中には奇特な人が多いらしく、「似ている人を見た」という通報が結構あるなんて雑談を店でしたこともあったっけ。

あれは、時効直前まで整形に整形を重ねて逃げ切ろうとした女が地方で捕まった事件があったときだったから、もう数年前になるのか。あの頃は俺もまだあの店でナンバー3に入るか入らないか、という上り調子の頃だったなあ——などと、またしても古き良き時代を懐かしんでしまう自分自身の不甲斐《ふがい》なさに舌打ちしたところで、俺を乗せた伊東《いとう》線はホームを離れた。ガタンガタンという電車の震動が、ますます俺の郷愁を誘う。

ボックスシートの硬い背もたれに寄りかかり、流れゆく車窓の風景を眺めながら故郷を離れたあの日から、もう十年の歳月が流れていた。高校も途中でやめ、ただただ都会に憧《あこが》れて上京した俺を待っていたのは、あまりにもありふれた汚らしい人生だった。先のことなど考えられなかった。といっても毎日を生きるのに必死だった、というわけではない。ただなんとなく時は流れ、気づいたら十年が経《た》っていた、というに過ぎなかった。

去年のことも一昨年のことも、渾沌《こんとん》としてはっきりと思い出すことはできないでいるのに、どうして十年も前の、上京したときの車内の風景はこんなにも鮮明に浮かんでくるというのだろう。


『頑張ってな』


泣きながら降り立ったホームで、いつまでも窓越しに俺の手を握っていた——あの手。

一緒に上京しよう、と二人して家を抜け出したのに、日が暮れ周囲が暗闇《くらやみ》に包まれるようになると「やっぱり帰る」と彼は泣き出したのだった。宥《なだ》めたりすかしたりして連れて行こうと思ったが、結局は彼の人生なんだと俺は思い留《とど》まり、車掌に折り返しの電車を聞いて最寄の駅で彼を降ろした。

「ごめんね」

何度も何度も俺に向かって頭を下げた彼を責める気にはなれなかった。もともと俺が、一人で行くのが不安だからと無理やり誘ったようなものだったからだ。

「気にすんなよ」

俺が何度そう肩を叩いてやっても彼の涙は止まらなかった。なんとか彼を駅で降ろし、

「それじゃあな」

と窓越しに手を振ると、その手を痛いくらいの力で握り締めてきた彼は、

「頑張ってな」

とぼろぼろ涙を零《こぼ》しながら俺に向かってそう言ったのだ。

あれから十年。まさか東京でその彼に再会するとは思わなかった。その上——。

電車がカーブにさしかかりガタンと大きく揺れたのに、俺の意識は現在《いま》に戻った。この十年、一度も思い出したことのないあの日のことを思い出すなんて、人間死期が近づくと昔を思い出す、というアレだろうか。などとくだらないことを考えてしまう自分に苦笑する。

たとえ今、死んだとしても——悔いはないな。

今生《こんじょう》の別れを告げたい人間など、既に俺にはいなかった。親とももう随分会ってない。向こうは俺が今、生きているか死んでいるかすら、興味がないに違いない。付き合ってる女もいない。いつの間にか俺の周囲には、金ヅル以外の女はいなくなっていた。

今生の別れを惜しみたい人間は——これから会いに行く、彼、くらいのものかもしれない。

そう思ったらなんだか酷《ひど》く感傷的になってしまって、俺は意味もなくポケットから手帳を取り出し、彼の名を書いた。

『頑張ってな』

ぼろぼろと涙を零していたあの少年——俺の乗った電車がホームを離れていくのを、いつまでもいつまでもその場に立ち尽くし見送ってくれたあの少年。

「お前とまた出会えてよかった」

何気なく書きかけたその文章を、俺は読み直し——馬鹿馬鹿しい、と書いたページを破った。そして立ち上がりながら窓を開け、破った紙片を粉々に裂いて窓の外へとばら撒《ま》いた。

紙ふぶきが散るように、白い紙片は列車に沿って後ろへと飛び去ってゆく。それを目で追いながら、俺はまたあの日の彼に——これから会いに行く彼のあの日の涙に、我知らず思いを馳《は》せていた。

1

「……んっ……」

高梨《たかなし》の身体《からだ》の下で、田宮《たみや》が耐え切れないように首を振る。その両脚を抱えるようにしながら高梨は一段と腰の動きを速め、田宮の奥深いところまで己の雄《おす》を突き立てていく。

「……もうっ……」

高梨の脚の付け根と田宮のそことがぶつかり合うたびに高い音が室内に響く。二人の腹の間では田宮の雄も爆発寸前であることは、先端から零れ続ける先走りの液が物語っていた。

「もう……？」

息を弾ませながらも高梨が田宮の顔を上から覗《のぞ》き込むと、田宮は瞳を薄く開き、またもいやいやをするように彼に向かって首を振った。その潤んだ瞳がやけに煌《きらめ》いているさまが尚《なお》も高梨を昂《たか》め、彼の動きを速めてゆく。

「……もう……っ」

田宮は小さく叫ぶようにそう言うと、両手を高梨へと向かって伸ばしてきた。延々と続く高梨のピストン運動にいよいよ音を上げてきたらしい。高梨の我慢も既に限界を超えていた。

高梨は田宮の片脚を離すと、伸ばされた彼の手を取り、その手をしっかりと握り締めながら、彼の中に今日二度目の精を放った。

「……っ」

同時に田宮も達したようで、高梨の腹に温かな感触が広がってゆく。そのまま彼の腕を摑《つか》んで身体を少し起こさせ、その背をぎゅっと抱き締めると、田宮も高梨の背を抱き締め返し、はあ、と大きく息を吐いた。合わせた胸から彼の早鐘のような鼓動が伝わってくる。

「……キツかった？」

高梨がそう囁《ささや》くと、田宮は無言で首を横に振った。

「もう一回……やってもええ？」

それなら、と高梨が言うと、田宮はぎょっとしたように彼の背中から腕を解《ほど》き、

「……休憩」

と高梨の胸を押した。

「了解」

くす、と笑って答えながらも高梨は己の雄を抜こうとはせず、そのまま田宮の身体を器用に返すと後ろから彼を抱き締めた。

「……何時？」

田宮が眠そうな声で呟《つぶや》くのに、

「えーと……一時半、やね」

と高梨は腕時計をベッドサイドの小さな明かりに向けてそう答えた。

「一時半？」

ああ、と田宮が溜息《ためいき》をつく。明日は土曜で休みのはずなのに、と高梨は、

「どないしたん？」

とそんな彼の耳朶《じだ》を嚙《か》み後ろから尋ねかけた。

「……やめろよ……」

休憩って言ったろ、と田宮は軽く抗《あらが》うように彼の腕の中で身体を捩《よじ》ると——達したばかりで過敏になっているのだろう。そんな仕草のひとつひとつが高梨にとっては愛しくてたまらないのであるが——高梨を見上げながら、

「明日と明後日《あさって》——あ、もう今日か。部内旅行なんだよ」

とぼそりとそう言ってきた。

「部内旅行？」

へえ、と高梨は大きな声を上げると、

「行き先は？」

彼を抱き直しながら尋ねた。

「伊東」

「温泉？」

「そう」

「ふうん」

高梨は相槌《あいづち》を打ち、田宮の髪に顔を埋《うず》めた。

「……今時《いまどき》部内旅行なんて流行《はや》らないのに……部長の趣味でさ」

面倒なんだけど、と田宮は高梨の腕の中で溜息を漏《も》らす。

「……温泉……ねえ」

高梨の意識はそのとき――別のところにあった。

「え？」

付き合いの長さから――といっても、まだ知り合ってから半年あまりしか経ってはいないのだが――田宮はなんとなく嫌な予感がして、恐る恐る高梨の顔を見上げた。

「……浴衣《ゆかた》にも……なるんやろうね」

高梨は田宮の胸の突起を掌《てのひら》で擦《こす》りながらそう囁いてきた。

「そりゃなるだろ」

休憩だって、とその手を払いのけ、田宮が高梨を振り返ろうとする。

「皆で温泉にも入るんやろうねえ」

高梨はがっちりと田宮を抱き締めたまま、右手を田宮の雄へと伸ばし、やんわりとそれを握り締めた。

「……当たり前だろ」

だから休憩だって、と言いながら腕の中で抗う田宮に、高梨は、

「……我慢できへん」

と言ったかと思うと、いきなり彼の片脚を摑んで再び身体を返させた。

「おいっ？」

慌てた声を上げた田宮を高梨は仰向《あおむ》けにすると、両脚を再び抱えて彼の身体を己の方へと引き寄せる。

「良平《りょうへい》っ」

「……そんな、ごろちゃんの玉の肌を他人の目に晒《さら》すなんて、僕にはどうにも耐えられへんっ」

高梨はそう言いながら、再び激しいピストン運動をしはじめた。

「やっ……」

予測しなかった突き上げに田宮の身体が仰《の》け反った。高梨の汗が田宮の胸へと滴り落ちる。その汗を拭《ぬぐ》うかのように彼の胸を撫《な》で回していた高梨の手が下へと伸びてゆき、少しずつ形を成してきた田宮の雄を握った。

「……やめっ……」

激しい高梨の腰の動きに首を振り、敷布を握り締めていた田宮が、懇願するような目を向けてくる。が、高梨はそんな彼に覆い被《かぶ》さるようにしてキスすると、尚も激しく彼を扱《しご》き上げながら、腰の動きも速めていった。

「……やっ……あっ……」

堪《こら》え切れずに高い声を上げはじめた田宮の身体を高梨は激しい突き上げで翻弄《ほんろう》し続け、やがて彼が意識を失うようにしてその手の中で果てたあと、意味深に微笑《ほほえ》みその首筋へと唇を落としていったのだったが——。


「だからごめんて……な、ええ加減機嫌直してや」

「知りません」

翌朝、高梨が猫撫で声を出し、田宮を後ろから抱き締めようとするのに、田宮は冷たい声で答えながら、バッグに洗面用具や下着を詰めていた。

「ちょっとしたジョークやないの。そんなに怒らんかてええやん。なあ、ごろちゃん」

実力行使とばかりに高梨が無理やり田宮を後ろから抱き締め、肩に顔を埋めるのに、

「離せよ」

と田宮はその腕を振り払うと、淡々と支度をし続けている。これは相当怒りの根が深いらしい、と高梨は密《ひそ》かに肩を竦《すく》めたが、原因がわかりすぎているだけに謝る以外道はなく、できるかぎりの神妙な声を出しながら、再び彼の背を抱き締めにかかった。

「ほんまごめんて……ごろちゃん、なあ、ほんま、反省しとるさかい、こっち向いてや」

「……知りません」

田宮の声に取り付く島はない。が、大人しくそのまま抱かれてくれているところをみると、少しは怒りが緩和したのかもしれない。高梨は内心ほくそ笑みながら、

「ほんまに、悪かったとは思うとるんよ？　でも二日も会えん思うたらなんや辛《つろ》うて辛うて……」

と切々と訴え、ぎゅっと彼の身体を抱き締めてみた。

「……それにしたって……」

ぼそ、と田宮が呟く声には先ほどまでの勢いがない。ここはあと一押し、と高梨は、

「ほんまごめん……ごろちゃん、かんにんしてや」

と耳朶に息がかかるくらいに唇を寄せ、囁くように懇願した。

「……もう……」

田宮が諦《あきら》めたように溜息をつく。よし、とばかりに高梨がその身体を返させ、前から抱き締めようとしたそのとき、

「だいたいねえ」

と田宮の両手が伸びてきて、高梨の胸をどんと突いた。

「いてて……」

どうやら未だに田宮の怒りは解けてはいないらしい。不意打ちに顔を顰《しか》めた高梨に向かって田宮は、

「一体どういうつもりだよ？　悪戯《いたずら》にしたって程度ってもんがあるだろ？」

と、高梨を怒鳴りつけた。

「……はい」

高梨が大人しく頷《うなず》くには理由《わけ》がある。自分でもちょっとやりすぎ、と思うような際どいことを昨夜田宮が意識を失っているうちにしてしまったのだ。

「こんなカラダで、一体どうやってこの二日間過ごせば……っ」

田宮は激昂《げっこう》したように怒鳴ると、自分の剝《む》き出しの脚を見下ろして、はあ、と大きく溜息をついた。ついでのようにTシャツも捲《まく》って腹も見て、また、はあ、と大きく溜息をつく。

そこには——昨夜、高梨がこれでもか、というくらいにつけまくったキスマークがあたり一面に散っていた。

「……でもほら、見えるトコにはつけんかったんやで？」

恐る恐る言葉を挟んだ高梨を、

「当たり前だろう⁉」

と田宮が怒鳴りつける。

「ほんま、ごめんて」

「知りませんっ」

擦り寄ってくる高梨に完全に背を向けた田宮は、そのあと一言も口をきかずに黙々と旅支度をし続けたのだった。


田宮と高梨の出会いは今から半年前に遡《さかのぼ》る。平凡なサラリーマンだった田宮が巻き込まれた殺人事件を担当したのが警視庁捜査一課警視の高梨だったのだが、田宮に『一目惚《ぼ》れ』した高梨が強引に彼を口説き、今では相思相愛、高梨が田宮のアパートに転がり込んで『半同《どう》棲《せい》』を決め込んでいる、という仲にまで発展していた。

高梨の職場である捜査一課でも二人の仲は今や公認で、『新婚夫婦』とからかわれることもあった。彼らの仲が高梨の職場に知れたのは先の事件に端を発しているのだが、同僚たちがそんな高梨の性的指向を差別せず、それどころか、時折『差し入れ』にやってくる田宮にも親愛の情を示すのは、ひとえに高梨の開けっぴろげな、といおうか、物事に拘《こだわ》らない明るい性格によるところが大きい。

勿論《もちろん》、田宮自身の真っ直《まっす》ぐな性質や、人の心を和ませずにはいられないその容姿が好まれた結果でもあるのだが、最近では捜査一課の若手たちが料理上手な田宮の手料理のお相伴に与《あずか》ろうと高梨と共にアパートを訪れることもままあった。

「お前ら、ええ加減にせえよ」

と言いながらもどこか自慢げな高梨は、もっと広い部屋を借りて一緒に住もう、と田宮を誘い続けてはいるのだが、自分の仕事が不規則なことと、凶悪事件がひっきりなしに起こる現況ではなかなかそれは実現せず、田宮も田宮で忙しいこともあり、ずるずると二人してこの半年、狭い田宮の部屋で寝起きを共にするという毎日を送っていたのだった。


「それじゃ、いってきます」

ぶすっとしたまま、田宮はそう言い捨てると、足早に玄関へと歩いていった。

「あ、ごろちゃん」

高梨がそんな田宮の腕を後ろから摑んで自分の方へと引き寄せる。

「なんだよ？」

不機嫌極まりない声で田宮が振り返ったところを、高梨は強引に抱き寄せると、

「いってらっしゃいのチュウ」

とその唇を塞《ふさ》いだ。

彼らの間で恒例になっている挨拶《あいさつ》のキス——『おはようのチュウ』『いってらっしゃいのチュウ』『ただいまのチュウ』『おやすみのチュウ』は、些細《ささい》な喧嘩《けんか》を収める特効薬になっていた。が、今回の喧嘩は田宮にとっては少しも『些細』ではなかったようで、

「いってきます」

と冷静に高梨を見返すと、そのまま踵《きびす》を返して玄関で靴を履きはじめた。

「何時に帰って来るん？」

高梨がそんな彼の背中に問いかけるのに、

「さあ」

田宮はそっけなく答えると靴を履き終えて立ち上がった。

「ごろちゃん」

弱々しい声を出した高梨をちらっと振り返ると田宮は、

「反省するように」

と一瞬彼を睨《にら》み、そのまま部屋を出て行った。

「反省しとるんよ」

高梨の声が早朝のアパートに響き渡る。

「近所迷惑だろ」

ぼそ、と呟きながら、田宮は集合場所である新宿へ向かうべく、アパートの階段を駆け下りたのだった。


「田宮さん、ラストっすよ」

幹事の後藤《ごとう》がバスのタラップに足をかけ、駆け寄る田宮に向かって大きな声で呼びかけてきた。

「ごめんごめん」

部長も揃《そろ》っているのか、と田宮が首を竦めながらバスに乗り込み、「申し訳ありません」と頭を下げたところで、

「それじゃ、出発しまーす」

と後藤が大声を出した。

「田宮、ここ、あいてるぞ」

後ろの方で、同じ課の先輩の杉本《すぎもと》が右手を挙げてくれたので、田宮がその方に向かうと、

「家、誰より近所なんでしょうに」

という嫌味な声が横から飛んできた。通路を挟んで隣になった、隣の課の三年目の富岡《とみおか》がちらと田宮を見やったあとふいと目を逸《そ》らせたのに、田宮は、またか、と心の中で密かに溜息をついた。

富岡は三年目――といいつつ、院卒なので既に二十七歳、田宮とは二つ違いなのだが、三年目とは思えぬほどの働きをする、と部内でも評判を集めている若手だった。

もともと自信家なところにもってきて、彼の見つけてきた商権がことのほかあたり、部の新たなビジネスの柱のひとつとなったあたりから、ますます生意気になってきた、と先輩社員の間では眉《まゆ》を顰《ひそ》める者も多い。

課長が甘い顔をするのが悪い、だの、たまたま運がよかったのだ、だの言う者もいるが、田宮自身は富岡の言動はともかく、やることはやる上に、なにより確実に数字に結びつけるその手腕を認めてもいた。が、なぜか富岡は、隣の課だというのにやけに田宮に絡んでくるのだ。

あの事件のあと、部課長の好意で以前の殺人的な忙しさから一時解放され、『リハビリ』のように閑職《かんしょく》についていた田宮のことを馬鹿にした発言をよく仕掛けてくるのに、田宮は正直辟易《へきえき》としていた。

田宮は事件前、それこそ部の主要ビジネスとなるある商談を纏《まと》めるのに一役買っていた

——というよりそれは、彼が二年もかかってこつこつと纏め上げた商権であったのだが、富岡はそのことに対して一方的に競争意識を抱《いだ》いているのか、

「本当に田宮さんがあんな大きな案件仕込んだんですか？」

と周囲は勿論、当の田宮にまで聞いてくる。人を馬鹿にしているとしか思えない言動を隠そうとしない富岡の神経は田宮の理解の範疇《はんちゅう》を超えていた。正面切って相手にするのは馬鹿馬鹿しいと無視すると、それはそれで彼のプライドが傷つくのか、更にどうでもいいようなことでまた田宮に絡んでくる。

これは一回、仁義を切ってきっちり話をしなければならないかもしれないな、とさすがに温和な——というと周囲は「どこが温和だ」と笑うのだが——田宮も思っていた、そんな時期に行われることになったこの部内旅行であった。

「またお前か。いい加減にしておけよ？」

田宮が口を開くより前に、窓側に座っていた杉本がじろりと富岡を睨みつけた。

「独り言ですって」

全く聞き入れる素振りを見せない富岡に、

「お前なあ」

と杉本がいきり立ちそうになるのに、田宮は慌てて、

「あ、杉本さん、今晩、どうします？」

と別の話題を杉本に振ってその場を収めようとした。

「今晩？」

杉本は簡単に田宮の策に乗ってきた。社のラグビー部の主将を務める彼は根っから体育会系の気のいい男であった。

「そうそう、どうする？　杉本。ここはやっぱり雪辱戦ってか？」

後ろから隣の課の、杉本の同期の宮元《みやもと》がそう身を乗り出してきた。

「やるか？」

にや、と笑って杉本が彼を見返す。

彼らの話題は、今夜の宴会のあとの時間の過ごし方についてだった。毎年部内旅行では、一日目の宴会のあとは、三々五々部屋に解散、となるのだが、女子社員の部屋になだれ込むのは新人から三、四年目の若手男性社員のみで、田宮たち『中堅』は一つ部屋に籠《こも》っての夜通し麻雀となるのが例年のことだった。先週、田宮は彼らに引っ張られて嫌々ジャン卓を囲まされたのであったが、運良くそこで一人勝ちをしてしまったのだ。二万程度の儲《もう》けだったが、その雪辱戦をやろう、と宮元は誘ってきているのだった。

「じゃ、パイ借りておきます」

田宮、杉本、宮元は既に同室に部屋割りされていた。あと一人どうしよう、と三人で顔を見合わせたところに、

「あ、俺。入ります」

と横から手を上げてきたのは、先ほど杉本に怒鳴りつけられそうになった富岡だった。

「え？」

思わず鼻白《はなじろ》んだ田宮と杉本に向かって、富岡はにっと笑うと、

「課長たちの麻雀に引っ張られそうなんですよ。助けてくださいよ」

と小さな声で言いながら手を合わせてきた。課長、部長クラスは大人しく寝る組とやはり麻雀組に分かれるのだが、常に若手か中堅がその面子《メンツ》の犠牲になる。田宮たちの課長は麻雀がそれほど好きではないので餌食《えじき》になるのを毎年免れているのだが、富岡の課長は相当の麻雀好きで、毎年それこそ徹夜でジャン卓を囲んでいるという噂《うわさ》だった。

「……まあ、いいけど」

断るのも大人気ない、と杉本が顔を顰めながらも答えると、

「助かります。あ、俺がパイ借りておきますから」

と富岡は笑ってぺこりと頭を下げた。

「今年は宿の前にどこに寄るって？」

「蜜柑《みかん》狩りだってさ」

「面倒くせえなあ」

次第に車内が、今回の部内旅行の話題でざわめいてくる。

「速攻宿、飲み会、麻雀、帰る！　で、いいじゃんなあ」

溜息をつく杉本に、田宮は思わず笑ってしまいながらも、昨夜の行為の名残からか、ううん、と大きく伸びをした。

「なんだ、寝不足か？」

杉本がそんな田宮の顔を覗き込み、ああ、と意味深な笑いを向けてくる。

「……？」

なんだ？　と見返す田宮の耳に口を寄せるようにして杉本は、

「『土日を会社に潰《つぶ》されるなんて、信じられないわ』って責められたんじゃないか？」

とくすくす笑いながら囁いてきた。

「違いますよ」

思わず大声を出した田宮に周囲の視線が集まる。なんでもないです、と首を振った彼に杉本はしつこく、

「寝癖はすごいし、目の下クマできてるし……昨夜は寝かせてもらえなかったんじゃないか？」

と面白がってまたそう囁いてきた。

「寝癖って……ちゃんと朝シャワー浴びてきたしっ……」

言い返した途端、後ろから宮元がぶーっと吹き出す声が聞こえ、ようやく田宮は自分がか

らかわれていることに気づいた。

「……怒りますよ？」

そう杉本と宮元をかわるがわるに睨んでみても、

「朝シャワーだって」

「夜は浴びるヒマなかったってか？」

と大笑いしている彼らに全く無視されてしまい、田宮は一人バスの座席でふくれかえりながらも、それこそ昨夜は少しも寝かせてくれなかった高梨のことを思った。

『ごろちゃん』

——演技に違いない、あの情けない声が田宮の耳に甦《よみがえ》る。

あんなにツンケンしたまま出てこなければよかった、と溜息をつきそうになった田宮だったが、

「そうそう、今日のホテル、風呂だけは充実してるらしいぞ」

「大展望露天風呂だったよな、幹事！」

という声に我に返ると、ぶんぶんと頭を振って、高梨の影を振り落とした。彼が自分の身体に与えた所業を思い出してしまったからだ。

『反省しとるんよ』

肩を落としていた高梨の姿を思い出しながら、一生反省してろ、と田宮は心の中で言い捨

て、再燃した彼への怒りに思わず掌を拳《こぶし》で殴りつけた。

そんな田宮を乗せてバスは一路静岡《しずおか》県伊東市へと向かってゆく。その地でいかなる災難が彼を待ち受けているのか——勿論今の田宮には知る由《よし》もなかった。

2

翌朝六時に田宮が目覚めたのは、毎朝その時間に起きている彼の体内時計が正常に働いた結果だった。昨夜は部内旅行恒例の『新人芸』がメインの宴会が終了したあと、打ち合わせ通り部屋に戻っての麻雀となった。

宴会でそれほど酒を飲んだわけではないが、前夜のハードな『室内運動』がたたって田宮はすぐにうつらうつらとしてしまい、とんでもないポカを数回やって一人負けとなってしまった。

今回の一人勝ちは後輩の富岡だった。田宮は持ち合わせがなかったために——高梨とじゃれあっているうちにぎりぎりの時間になってしまい、銀行に行く時間がなかったのだ——東京に帰ってからの支払いにしてもらうことにした。

「ばっくれないでくださいよ」

などと失礼なことを言っていた富岡を睨んだあたりまでは記憶があるが、眠い目を擦りながらも次々とグラスに酒を注がれているうちに飲みすぎてしまい、いつの間にか眠ってしまったらしい。

「う……ん」

だるいな、と思いながらも田宮は外の明るさに顔を顰めるようにして薄く目を開き――ぎょっとして、驚きのあまり上がりそうになった声をやっとの思いで飲み下した。自分の寝ていた布団に、殆《ほとん》ど額をつけるようにして眠っている男がいたからである。

「な……」

思わずあたりを見回すと、自分と同室の杉本と宮元はそれぞれの布団で鼾《いびき》をかいて眠っていた。田宮は改めて自分とひとつ布団で寝ていた男を――富岡を見下ろすと、昨夜の『ばっくれないでくださいよ』と言った彼の憎らしい顔を思い出し、やれやれ、と溜息をついた。

こうして目を閉じていれば、育ちのよさを感じさせる整った面立ちは好印象しか与えないのに、一旦《いったん》口を開くと言わなくてもいいことを言ってしまうせいか、酷く小憎らしい顔になる。温泉に入ったからだろう、いつもオールバックにしている前髪が額にかかっているために、普段よりずっと幼く見えるその顔を見下ろしながら、田宮はなぜに彼は敢《あ》えて生き難《にく》い道を選ぶのだろう、などとぼんやりと考え――ふと自分の身体を見下ろして、また驚きのあまり、

「げ」

と小さく声を上げてしまった。着ていた浴衣がはだけまくり、帯の回りに僅《わず》かに纏わりついているだけの状態になってしまっていたために、高梨にキスマークをつけられた腹も太腿《ふともも》

も露《あらわ》すぎるほどに露になってしまっていたからである。慌てて周囲を見回しながら浴衣の前を整え、こんなことなら服のままでいればよかった、と田宮は再び大きく溜息をついた。

　宴会前に、当然のように風呂に誘われた田宮は「風邪気味だから」と同行を断ったのだが、昼間の蜜柑狩りで汗ばんでしまったのが気持ち悪くて、こっそり部屋風呂に入ったのだ。皆が浴衣で宴会に臨む中、一人だけ着てきた服で、というのも何かと思って、そのまま自分も浴衣で宴会の座についた。前がはだけないよう気をつけつつ、丹前《たんぜん》まで着込んでいたはずだったのだが、麻雀をしている間に部屋が暑いからと、知らないうちにそれを脱いでしまっていたらしい。

　まさか見られていないよな、と田宮は再びこっそり、すぐ傍らで眠っている富岡を見下ろし、振り返って杉本と宮元を見やったが、高鼾の彼らの寝姿からは何も窺《うかが》い知ることはできなかった。

　参ったなあ、と田宮はしばらくそうしてぼんやりと布団の上に座っていたが、やがて、せっかく早く起きたのだから、皆が口々に『凄《すご》かった』と言っていた噂の展望露天風呂にでも行ってみるか、と思い立ち、手拭《てぬぐい》片手にこっそりと部屋を抜け出した。

　確か大浴場は朝は六時から入れることになっていたと思う。昨夜はどの部屋も遅くまで飲みが続いていただろうから——例年、部内旅行は一日目の『宴会』がメインで、翌朝は皆死んだような顔をしてなんとか旅館の朝飯を食べ、バスに乗って帰る、という日程だった。果たしてこれが、部長の言うように『部内親睦《しんぼく》』の一助となっているかどうかは、見解の分かれるところである——こんなに朝早くから露天風呂に入ろうという者もいないだろう。田宮はそう思いながら、心持ち足音を忍ばせるようにして、増改築を繰り返したらしい迷路のような旅館の廊下を風呂に向かって歩きはじめた。

風呂はまだ開いたばかりのようで、思った通り無人だった。せっかく温泉まで来たんだもんなあ、と思いながら田宮は誰もいない脱衣所で帯を解き、『メシも部屋もイマイチだけど風呂だけは素晴らしいのがウリ』という今回のこの宿の風呂を堪能《たんのう》しようと風呂場への引き戸を開いた。簡単に身体を流したあと、大きな湯船に浸《つ》かって手足を伸ばす。

うーん、極楽極楽、とオヤジくさくも唸《うな》りながら周囲を見回し、露天風呂への出入り口へと目を留めた。そうそう、素晴らしいのは『展望露天風呂』だったな、と田宮は思い出し、ざばざばと浴槽を突っ切り、誰もいないからいいか、と前も隠さずそのまま露天への入り口へと手をかけた。キイ、とガラスの扉をきしませ開いたそこには、確かに伊東湾を見下ろす素晴らしい眺望が開けていた。

「へえ……」

先に景色へと気をとられていた田宮はそう感嘆の声を上げながら、岩造りの露天風呂へと足を踏み入れようとしたのだったが、先客がいたことに気づき、少々ぎくりとしてその場で足を止めた。

田宮に背中を向けている男のシルエットにはどうも見覚えがない。できるだけこの身体は人目に晒したくはないが、同じ社の人間でないのならそれほど気にすることもないだろうか。田宮がそう逡巡《しゅんじゅん》しているうちに、彼の目の前で湯の中の男の身体がゆらり、と前へと傾《かし》いだ。

「あの？」

どうしたんだろう、逆上《のぼ》せたのか？　と慌てて田宮はその方へと足を踏み出し――やがて大きな悲鳴を上げてしまっていた。

バランスを失いうつ伏せのまま湯の中に突っ伏してしまった男の頭のあたりから鮮血が流れ出し、あっという間に湯船を赤く染めていったからである。

それからのことは田宮は動揺のあまりはっきりと思い出すことはできなかった。慌てて脱衣所へと戻り浴衣を引っ掛け、フロントに向かってまた迷路のような廊下を走った。途中、ぶつかりそうになった仲居の腕を、

「死体がっ」

と摑むと、年輩の仲居はそれこそ『鳩が豆鉄砲を食らったような』顔で驚いた。首を傾げながらも彼女が「緊急事態だったらこっち」と言って連れて行ってくれた専務室で、まだ若いその部屋の主《あるじ》に露天風呂に死体があることを告げると、宿の若旦那《わかだんな》であるという専務は眉を顰めながらも田宮の言葉を確かめようと、その仲居と、数名の男衆を連れて大浴場へと向

かってくれた。

なぜか田宮も手を引かれて風呂へと引き返させられ、彼らの立会いのもと再び露天のドアを開くと、先ほどあった通りに湯船には死体が浮かんでおり、まず仲居が悲鳴を上げて倒れたのを皮切りに、旅館中それこそ蜂の巣をつついたような大騒ぎになった。


すぐさま警察が呼ばれた。その頃には騒ぎに田宮の社の者たちも起き出してきて、警察官や宿の従業員らと一緒にいる田宮に、

「どうしたんだよ?」

と不思議そうに声をかけてきた。とりあえず部屋に戻って着替えたい、と田宮が若旦那に告げると、若旦那は我に返ったように、

「ああ、すみません……」

と田宮に頭を下げ、警察に了承を取ってくれた。すっかり湯冷めして肌寒ささえ感じていた田宮だったが、いつまでも鳥肌が立っているのは寒さのためだけでは勿論なかった。生まれてはじめて死体を見た、そのことがかなり彼に精神的ショックを与えていたのだった。

部屋に戻るのに刑事が一人ついてきたことも、田宮を鬱々《うつうつ》とした思いにさせた。以前、自

分の身に起こった事件を思い出しそうになるのを、田宮は自らの気を奮い立たせて頭の中へと押し込めると、まずは部長をはじめ、社内の皆に何が起こったかを説明しないとな、と、気持ちをそちらへと集中させようとした。

「なになに、どうしたんだよ？」

部屋では既に着替え終えた杉本と宮元、そして富岡が田宮の帰りを迎えてくれた。田宮はできるだけ淡々と、早朝六時に露天風呂に入りに行ってそこで死体を発見したことを告げながら、彼らに背を向け服に着替えはじめた。

「死体～？」

ショッキングな内容に一同の上には興奮した空気が流れたが、それ以上の話はないと——田宮はその死体の顔を確かめなかったし、警察の事情聴取では何度も死体発見の様子を説明させせられただけで、彼らからは何も聞くことができなかったので——いうことがわかると、

「そうか……」

と一気に皆、トーンダウンした。そうなってようやく田宮を気遣う余裕が生まれたようで、

「大変だったなあ」

「びっくりしたろう」

と杉本と宮元が田宮の肩を叩き、

「朝風呂だったら、起こしてくれりゃ付き合ったのに」

「そうだよ。ほんと、お前ついてなかったなあ」

と、声に同情を滲《にじ》ませながら心配そうに彼の顔を覗き込んできた。その横で富岡が一人くすりと笑いながら、ちらと田宮へと意味深な視線を向けてくる。何？　と田宮は一瞬その方へと気をとられたが、不意に、

『お客様にお知らせ申し上げます』

という館内放送が響き渡ったために思わず皆で顔を上げ、その放送に聞き入ってしまった。

『ご迷惑をおかけしております。女将《おかみ》の南野《みなみの》千代子《ちよこ》でございます。大変申し訳ございませんが、本日のご出立《しゅったつ》、今しばらくお待ちくださいますようお願い申し上げます。ただいまよりご朝食のお支度をさせていただきます。先般ご連絡申し上げました朝食会場でのバイキングではございませんで、皆様のお部屋にご用意させていただきますので、どうぞ今しばらく、お部屋の方でお待ちくださいますよう、重ねてお願い申し上げます』

「……まさか皆、死体が発見されたとは思わねえだろうなあ」

ぼそ、と杉本が呟いた横で、

「どのくらい足止めされんだろうなあ」

と宮元もはあ、と溜息をつく。

「ドラマみたいだなあ」

と呑気《のんき》なことを言い出した杉本に笑いかけようとした田宮に向かって富岡が、

「田宮さん、『第一発見者』だったら当分この宿から出られないかもしれませんねえ」

と意地悪な声で茶々を入れてきた。

「……だからお前はなあ」

田宮が何も言う前から、凄みを利かせた声を出した杉本に、

「ジャストジョークじゃないですか」

と富岡は笑うと、

「僕も自分の部屋に戻るか」

メシ、食いっぱぐれないようにね、と言い、さっさと部屋を出て行ってしまった。

「ほんとにあいつは……なんでああなんだ？」

憤《いきどお》った声を上げた杉本を、まあまあ、と宥めながら宮元も、

「ほんと、やけにあいつ田宮にはつっかかるんだよなあ」

と肩を竦めてみせる。

「……虫が好かないっていうヤツじゃないですか？」

つられて肩を竦めながらも田宮は、

「でもまあ……富岡の言う通り、俺が『第一発見者』なんですよねえ」

と再び大きく溜息をついた。途端に脳裏に先ほど見た死体の様子が浮かんできてしまい、
思わず、う、と込み上げる吐き気を抑えるように口元へと手をやる。

「メシ来るまで寝てたらどうだ？」

「そうそう。まだ布団敷いてあるしな」

相変わらず気を配ってくれる先輩諸氏に頭を下げ、田宮は彼らに言われた通り布団の上に横になった。

ゆらりと浮かび上がった男の身体——あっという間に水面に広がった鮮血の赤——。う、と再び込み上げてきた吐き気を堪え身体を丸めた田宮の背中に、

「大丈夫か？」

「気分悪かったら言えよ」

と先輩たちは温かい言葉をかけてくれ、やがて食事が運ばれてきてからも、食欲がない、という田宮のために、仲居に布団を片付けさせずそのまま寝かせておいてくれた。

ようやく食事が終わると、その用意にも片付けにも信じられないくらいの時間がかかったのは、もしや警察から客全員の足止めを依頼されてるからじゃないか、などと田宮の枕もとで杉本と宮元が話しはじめた。

「さっき、幹事の部屋に行こうとしたら、刑事に止められたしな」

と宮元が口をへの字に曲げてそう言うのに、

「……一体誰が誰に殺されたっていうんだよ」

と杉本も、腕を組みながら、ふう、と大きく溜息をつく。

「若い男だったんだよなあ？」

遠慮するような口調で宮元が問いかけてくるのに、田宮は身体を起こすと、

「……だと思うんですけど……」

と言葉少なに相槌を打った。

「ああ、まだ寝てていいぞ」

「すまんすまん、起こすつもりじゃなかった」

慌てたようにそう声をかけてくる二人の先輩に、「もう大丈夫です」と田宮は笑うと布団の上に胡坐《あぐら》をかき、

「……顔は見てないんですが……体つきは若い男だったと……」

と、まだ蒼《あお》い顔のまま話しはじめた。そのとき、不意に部屋のドアがノックされ、

「田宮吾郎《ごろう》さん、いらっしゃいますか？」

とスーツ姿の若い男がドアの間から顔を出した。

「はい？」

田宮が驚いて彼の方を見やると、

「申し訳ありませんが、ご足労願えますか？　少々お話をお聞かせいただきたいのですが……」

と男はぺこりとその場で頭を下げた。

「はい……」

　またか、と思いながら田宮は立ち上がり、

「ちょっといってきます」

　と杉本と宮元を振り返った。

「ああ、いってこい」

「気をつけてな」

　先輩二人もなんと言って送り出していいか困ったようだが、そう声をかけ田宮の背を叩いてくれた。

　若い男——静岡県警の刑事で荻村《おぎむら》という名だと、長い廊下を歩きながら彼はそう田宮に名乗った——のあとについて、再びフロントの方へと向かう途中、田宮は、

「死んでいたあの男は……誰だったんです？」

　と試しに彼に問いかけてみた。

「ああ、顔は、ご覧にならなかったんでしたっけ」

　荻村はなかなか気さくな性格なようで、歩調を緩めて田宮と並ぶと、

「宿泊客の一人でした。あとで遺体を見ていただくことになるだろうと思います。お嫌でしょうけどね」

　と彼に同情的な笑みを向けてきた。

「そうなんですか……」

また死体を見るのか——今度は絶命しているその顔までも見なければならないのかと思うだに、やりきれない思いが田宮の胸に去来する。死んだ人間には申し訳ないと思うができれば勘弁してほしいという田宮の心を読んだように荻村は、

「まあねえ、部屋も随分離れているし、田宮さんたちは団体客で、行動もほぼ皆さんご一緒でしたから、多分ご覧になってても知らないとおっしゃる気はするんですけどねえ」

と肩を竦めながらも、まあ、キマリなんで、とにっこり笑ってみせた。

「はあ……」

そんなことを当の本人に話していいのか、と首を傾げる田宮に、

「キマリといえば、先ほど散々お伺いしたお話を、また繰り返し話していただくことになるんですが——ま、それもキマリなんで、許してやってくださいね」

と荻村は更に肩を竦めた。

「はあ……?」

再び田宮は返答に困り、一体この若い刑事はどういうつもりでそんなことを言ってくるのだろう、とちらりと傍らを歩く彼の顔を見やった。荻村は田宮の視線に一瞬バツの悪そうな顔をしたが、やがて、

「所轄が違うところの刑事が今到着しましてね、是非第一発見者に話を聞きたいと言ってき

たんですよ」

と投げやりな口調でそんなことを言ってきた。

「え？」

田宮は聞き返しながらも、なるほど、と密かに心の中で納得していた。静岡県警の刑事という彼は、その『所轄の違う』刑事の参入が面白くないのだろう。高梨から警察の『縄張り意識』について以前話を聞いたことがあった。

『犯人を捕まえるっちゅう最終目標は一緒なはずやのに、なんで「一緒に」よりは「どっちが」捕まえるっちゅう話になるんやろ』

そう零していた高梨の顔が不意に脳裏に浮かび、その途端やみくもに彼に会いたい衝動が田宮の中で湧《わ》き起こった。

会いたい——自分が殺人事件の第一発見者になってしまったと知ったら、さぞ高梨はびっくりすることだろう。

『大丈夫か？　ごろちゃん』

それこそ東京から飛んでくるかもしれない。こんな不安な状況から自分を救い出し、逞《たくま》しい腕でしっかりと抱き締めてくれながら、

『もう大丈夫やから』

と囁いてくれるだろう——いや、囁いてほしい。

男のくせになんて女々しいことを考えているんだ、と田宮は我に返り、一人苦笑してしまった。

「田宮さん？」

不審そうに顔を覗き込んでくる荻村に、

「いえ……」

と田宮が首を振り、前方を見やった瞬間——。

「ごろちゃん！」

今、頭に描いていた通りの姿の彼が——高梨が、驚きに目を見開きながら田宮に向かって大きな声で呼びかけてきた。

「良平！」

思わずその名を呼んでしまったものの、傍らの若い刑事がぎょっとしたように自分と高梨をかわるがわるに見やるのが目に入り、田宮は我に返ると、

「高梨警視……」

と、愛しい彼の名を呼び直したのだった。

別室で田宮から話を聞きたい、と高梨は県警の刑事相手に強行し、従業員たちへの事情聴取に使っていた客室の隣の部屋へと彼を連れ込んだ。

静岡県警の刑事たちを一切シャットアウトし、二人きりになった途端、

「ごろちゃん、なんでこんなところにおるん？」

と大きな声を出しながら、高梨は田宮の身体を正面から力強く抱き締めた。

「なんでって……言ったろ？　部内旅行だって……」

田宮も高梨の背に両腕を回し、ぎゅっとその手に力を込める。

「……ほんま……びっくりしたわ」

はあ、と大きく溜息をついたあと、高梨はおもむろに身体を離し、

「……第一発見者の話を聞きたい言うてごろちゃんが連れてこられたっちゅうことは……」

と田宮をまじまじと見下ろした。

「……そう。俺が第一発見者なんだ」

田宮はぼそりと告げると、再び高梨の胸へと身体を寄せた。

「……ごろちゃん？」

いつにない甘えたようなその仕草に、高梨は内心首を傾げつつも再び田宮の背を抱き寄せ、彼の耳に唇を寄せた。

「……夢かと思った……」

ぼそりと呟くようにそう言い、田宮は高梨の胸に顔を埋めた。

「……僕かて、ほんま夢かと思ったわ」

くす、と笑いながら高梨が田宮の耳に囁き返す。

「……会いたいと思った瞬間に現れるなんて……びっくりするじゃないか」

聞こえないような声でそう告げた田宮の声は、その震動と共に高梨の胸になんともいえない感慨を伝えた。

「ほんま……ごろちゃん、可愛《かわい》すぎやわ」

ぎゅっとその背を抱き締めながら、高梨は田宮の頬《ほお》へと手をやって彼を上向かせるとその唇を己の唇で塞いだ。やがて田宮の手が高梨のスーツの背を握り締めたのは、激しいくちづけに一人で立っていることがかなわなくなってきたためだった。きつく舌を絡めあいつつ、互いの舌で口内を侵しあう。唾液《だえき》が田宮の唇の端から零れかけるのを追いかけるように高梨の唇が動き、田宮の舌がまたそれを追った。ぴったりと合わさった身体は、互いの雄の昂まりも互いの下肢《かし》へと伝えた。高梨はそろそろと田宮の背中を抱いた手を下ろしてくると、尻をぎゅっと摑むようにして更に自分の下肢へと押し当ててきた。

「……っ」

田宮の唇から吐息というには熱すぎる喘《あえ》ぎが漏れる。それを残らず拾おうとでもするかのように高梨はぐい、とその下肢をまた引き寄せながら、彼の唇を塞ぎ続けた。

と、そのとき、コンコン、とドアがノックされた。ぎょっとしたように唇を離そうとする田宮の唇に音を立ててキスをしてから高梨は田宮を放し、

「はい？」

とドアの方を振り返った。

「失礼します」

ドアから不機嫌な顔を覗かせたのは、先ほどの、静岡県警の荻村刑事だった。

「そろそろよろしいですか？　田宮さんにガイシャを見てもらいたいんですが……」

口を尖《とが》らせるようにしながら、じろりと高梨を睨んだ荻村に、高梨は笑顔を向けると、

「ああ、申し訳ありませんでした。ご一緒させていただいてよろしいですか？」

と綺麗《きれい》な標準語でそう尋ねた。

「……ええ、そりゃ勿論。東京さんもガイシャの確認をする必要があるでしょうし」

荻村は、高梨の友好的な雰囲気に少し戸惑ったような顔をしたが、すぐにまた不機嫌な顔に戻り、ぶすりとそう言い捨てると、

「こっちです」

と踵を返した。

「じゃ、ごろちゃん……悪いんやけど、ちょっと一緒に来てもらえるかな？」

高梨はそう言い、田宮の背に腕を回して入り口の方へと促した。

「ごろちゃん……？」

その声は部屋の外にいた荻村にも届いたようで、なんともいえない顔で呟いた彼は高梨と田宮が肩を並べて部屋から出てくると、

「お知り合いですか？」

と眉を顰《ひそ》めるようにして尋ねてきた。

「ほんま、びっくりしましたわ。こんな偶然ってあるもんなんやねえ」

高梨は不意に関西弁になると、な、と田宮ににっこりと笑いかけたあと、その笑顔を荻村へも向けた。

「……偶然？」

荻村はますますたじろぎ、そんな高梨と田宮をまじまじと見つめている。

「偶然偶然。めちゃめちゃ驚きましたわ」

あはは、と笑ってそう言う高梨に、荻村は困ったように愛想笑いを返すと、

「こっちです」

と彼らに背を向け、廊下を歩きはじめた。

大浴場の入り口には既に「立ち入り禁止」の黄色いテープが貼られ、数名の警察官が風呂を背に佇《たたず》んでいた。

「ご苦労」

荻村が敬礼しながら彼らに道をあけるように指示し、

「こちらです」

と高梨と田宮を浴室の中へと導いてゆく。まだ死体はあの露天風呂にあるのだろうか、と田宮は朝見た鮮血を思い出し、ごくりと生唾《なまつば》を飲んだ。

「……大丈夫か？」

田宮の背に回した手に力を込め、高梨が囁いてくるのに、

「うん」

と田宮も小さな声で答え、スリッパのまま浴場のタイルの上を歩いて露天風呂へと向かった。

死体は既に湯船から引き上げられていて、露天風呂の傍らで青いビニールシートに覆われていた。

「あまり気持ちのいいもんじゃないんですが……」

と荻村は田宮を気遣いながらも、彼をそのビニールシートの前まで来させ、ゆっくりとそれを捲り上げた。う、と田宮は己の手で口を塞いだ。血の気のない白い顔。見開いた目は黄

色く濁り空を見つめている。薄く開かれた口の中がやけに赤いさまが黄味を帯びた白い顔の中で妙にそこだけ生々しく見え、田宮の吐き気を誘った。高梨はそんな田宮の背に回した手に力を込め、己の方へと抱き寄せるようにして身体を支えてくれていた。

「どうです？　この顔に見覚え、ありますか？」

荻村が田宮の顔を覗き込んでくるのに、

「いえ……」

と田宮は首を横に振った。本当に少しの見覚えもなかった。生前と随分形相が変わっているのかもしれないが、それにしてもこんな男の顔は、旅館内でもどこでも、見た記憶がない。即答しながらも、荻村の真剣な眼差《まなざ》しの前に、もう一度その顔を確かめようと、再び死体を見やった田宮の傍らで、

「……本宮《もとみや》……」

と高梨が小さな声で唸った。

「え？」

そういえばどうして高梨はこんなところにいるのだろう。この死体の男と面識がある、とでも言うのだろうか。

田宮が思わず顔を上げ高梨を見やったとき、

「間違いありませんか？」

と荻村が真剣な口調で高梨に問いかける。

「ええ……間違いなく本宮秀紀《ひでき》ですわ」

溜息まじりに高梨はそう言いながら、荻村に向かって深く頷いている。一体どういうことなのか、とかわるがわるに彼らの顔を見やった田宮に高梨は、

「ほんま……お疲れ」

とにっこり笑いかけたあと、荻村に目配せして死体を再びビニールシートで覆わせた。

「……それじゃ、詳しいことはあちらで」

荻村はそう言うとまた浴室の方へと引き返そうとしたのだったが、その背中に、

「荻村さん」

と高梨が声をかけ、え、と振り返った彼に向かって、

「そろそろごろちゃん……田宮さんを、解放してもらえへんやろか」

とにっこりと笑いかけたものだから、田宮も荻村も、

「え？」

と思わず声を上げそんな高梨へと視線を向けた。高梨は田宮の背に手を回したまま、

「第一発見者ゆうても、ガイシャと面識もないわけやし、何より彼の身元は僕が保証しますよって」

とぺこりと荻村の前で頭を下げた。

「そ、それは僕が決められることじゃないんで……」

荻村は慌てたようにあとずさったが、

「でもま、ほんとにそうですよね。ちょっと課長と相談します」

と、彼も笑顔になると、こっちです、と歩きはじめた。先ほどの、どちらかというと敵意に満ちていた彼の表情がいつの間にか和んでいることに田宮は気づき、ちらと傍らの高梨の顔を見上げた。

「なに？」

視線に気づいて微笑みかけてきた高梨に、

「なんでもない」

と答えながらも、こうして共に捜査にあたる刑事たちの心を摑んでゆく彼の顔を、なんとなく誇らしい思いを胸に田宮は再び見上げたのだった。

高梨の申し出は捜査責任者である静岡県警捜査一課長、反町《そりまち》にも受け入れられ、田宮をはじめ彼の社の者たちは、一応全員の事情聴取を済ませ、身元の確認がとれたあと、二時過ぎには宿を出ることを許されることになった。

「ほんと、凄い体験したよなあ」

死体の検分をしたのはさすがに田宮だけであったが、死体の写真は全員が見せられたらしい。部屋を出ながら杉本がそう唸る横で、

「写真だけでも相当気味悪かったのに……ほんとに田宮、びっくりしたろう」

と宮元が同情的な目を彼へと向けてきた。

「そりゃもう……」

と田宮は頷きかけたが、ふと振り返った廊下の角に、彼を見送るように佇んでいた高梨の姿を見つけた。

「先、行っててください」

言いながら既に後ろへと走り出していた田宮に、

「おい？」

と杉本は声をかけたが、後を追ってはこなかった。田宮は高梨がすっと身体を引いて消えた廊下の角を曲がり——その場に佇んでいた彼にぶつかりそうになって慌てて足を止めた。が、勢い余って胸に飛び込んでしまった田宮の身体を、高梨はにんまり笑いながら抱き締めてきた。

「ちょっと……」

さすがに人目が気になって身体を離そうとする田宮の唇に軽く唇を重ねるようにしたあと、高梨は、

「……気ぃつけて帰りや？」

とにっこりと微笑みかけてきた。

「良平も……頑張って」

詳しいことはわからないが、この殺人事件の捜査に彼はこれから携わることになるのだろう。東京を離れたこの地での仕事がどれだけ大変なものか推し量る術《すべ》もないが、それでも田宮が高梨を気遣ってそう彼を見返すと、

「……よかった」

と高梨は再び田宮を抱き締めてきた。

「え？」

だから人目が、と彼の腕の中で身体を捩《よじ》った田宮に、

「もう……怒ってへんの？」

と高梨が顔を覗き込んでくる。

「『怒って』？」

問い返した瞬間、田宮の頭に高梨から受けた『悪戯』が甦った。よく考えてみれば自分がこの事件の『第一発見者』になったのだって、昨夜皆と一緒に風呂に入れなかったからじゃないか、と、一瞬のうちにそこまで考えが至った田宮は、

「怒ってる！」

と思わず大きな声を上げ、高梨の胸に両手を突っ張って彼の身体を突き飛ばした。

「ごろちゃん？」

激変ぶりに戸惑いながらも、尚も身体を抱き寄せようとする高梨に、田宮は、

「そうだよ！　良平があんな……」

と怒鳴りかけたが、

「え？」

と眉を寄せた高梨の顔を再び見上げると、はあ、と大きく溜息をついた。

「ごろちゃん？」

どないしたん、と顔を寄せてきた高梨に田宮は、

「……ま、いいか」

と呟くと、再び彼の胸に顔を寄せた。

「ごろちゃん？」

その背を抱き締めながら、尚も彼の顔を覗き込んでくる高梨に、

「……良平に会えたし」

と田宮は小さな声で呟き、ぎゅっと彼のスーツの背を握り締めた。

「……ほんま、運命感じたわ」

くす、と笑いながら高梨はそう言うと、唇を田宮の額へと寄せてきた。と、そのとき
「田宮さーん」

という声が廊下の向こうから聞こえてきて、慌てて田宮は高梨の胸から身体を離した。

「ああ、いたいた」

角を曲がって来ながら田宮にそう声をかけてきたのは富岡だった。富岡は田宮の傍らに立つ高梨にちらと不審気な視線を向けたあと、

「みんな、待っててんのに何やってるんですか」

と、いつものようなトゲのある口調でそう言い、田宮を睨んだ。

「ごめん……」

素直に頭を下げ富岡のあとに続いて歩き出した田宮の背中に、

「ほんま、気ぃつけて帰りや」

という明るい高梨の声が響いた。

「うん」

振り返って手を振る田宮を、

「行きますよ?」

と半身だけ振り返った富岡がせかし、二人は駆けるようにして部員が待つバスへと戻って行った。その後ろ姿を高梨はしばらく感慨深そうに見つめていたが、やがて、

「さて、と」

と一人気合を入れるような声を上げると、捜査陣が待つ部屋へと踵を返した。

3

「申し訳ありません。お待たせしました」

高梨が捜査会議に使わせてもらうことになった旅館の一室に駆け込むと、中に控えていた静岡県警捜査一課の一同がじろりと彼を見返した。

「じゃ、始めますか」

嫌味な口調でそう言って立ち上がったのは、捜査の指揮をとる反町課長である。高梨は軽く頭を下げ、ロの字型に並べられた机の末席、荻村刑事の隣へと腰を下ろした。

「ガイシャの名前は本宮秀紀。二十七歳。昨日二十五日午後五時過ぎにこの『南風荘《なんぷうそう》』にチェックインした。宿泊名簿に書いた名前は『清水一《しみずはじめ》』、予約もその名前で入れていたそうだ。担当した仲居の話も先ほど少し聞いたが、殆ど口を開かず、ずっと俯《うつむ》いたままだったとのことであまり参考にはならず。部屋に備え付けの電話の通話記録を見ても昨夜から今朝にかけて、外から彼にコンタクトを取ろうとした形跡もなし、逆に彼から外へとかけた形跡もなし――といっても、最近では猫も杓子《しゃくし》も携帯電話を持っているから、彼が誰とも連絡を取らなかったとは言えないだろう。死体発見は本日午前六時、宿泊客の――」

反町課長はここで書類を捲《めく》りながら、ちらと高梨の顔を見た。田宮と高梨が顔馴染《なじ》みであったという話は既に彼の耳には入っているらしい。

「田宮吾郎氏が、露天風呂で本宮の死体を発見、すぐさまこの旅館の専務の南野浩一《こういち》氏に知らせ、南野氏から警察に通報があった。我々が現場に駆けつけたのが午前六時二十分、それから遺体を引き上げ検死に入ったが、検死官によるとまだ殺されて殆ど間がない状態だったとのことで、死亡推定時刻は午前五時から発見された六時までの間、と断定できている」

「そんな早朝に、しかも館内の浴室での犯行となると、犯人は宿の宿泊者、若《も》しくは従業員に限られませんか？」

若い刑事が手を挙げ発言する横で、

「第一発見者の田宮氏とガイシャは顔見知りではなかったとのことですが、ウラはとれてますか？」

と別の刑事も手を挙げそう発言した。

「順番に答えよう。まず、犯行可能な人間が宿泊客、若しくは従業員に限られるか、という話だが、これは否《ノー》、だ。この宿の露天風呂は眺望を売りにはしているが高層階にあるわけではなく、裏道に面した庭からも出入りができる造りになっている。早朝ではあったが、あの道は車通りも多く、犯人が車でこの宿を訪れ、露天風呂へと忍び込んで本宮を殺し、また車で逃げ去った。という可能性も皆無とは言えない。また田宮氏と本宮の関係だが、本人の供述に加えて、彼が東京からお越しの高梨警視とご面識があるとのことだったので、高梨警視に詳しい事情聴取は任せてある。あとでゆっくりその辺のお話は警視から伺うことにしよう」

馬鹿丁寧な敬語を使うだけ嫌味なその物言いに、高梨は全く気づかぬふりをしながらその場で周囲に向かって軽く頭を下げた。反町にはそんな高梨の仕草がかえってカチンときたようで、わざとらしく咳《せき》払いをしたあと再び事件の概要を話しはじめた。

「身元が割れたのは、本宮の部屋の金庫から出てきた財布の中に運転免許証が入っていたためだ。全国指名手配の手配書とは随分印象が違ったが、面影はあるし、多分本人に間違いないと思われる。今、一応指紋も照合しているが結果は間もなく出るだろう。財布は金庫に入っていたが、仲居が見たという彼のバッグは部屋から消えていた。セカンドバッグのような小さなバッグだったらしい。部屋に残されていたのは財布と彼の着ていた衣服のみ。携帯電話もなかったが、もともと所持していたかは不明。何か質問はあるか？」

反町課長がそう周囲を見回すと、高梨の隣で荻村刑事が手を挙げた。

「なんだ？」

「本宮は自分で宿泊の予約を入れたんでしょうか？」

「ああ、それは私が」

課長の隣で中年の刑事が書類を見ながら右手を挙げた。

「どうやら本人と思われます。予約の電話を受けたのは、丁度そのときフロントに出ていた専務の南野氏。電話があったのが一昨日《おととい》で、チェックインは何時からかを聞かれたくらいで、あとは清水という偽名と、人数は一人であることを告げただけだったらしいです」

「なんだって本宮はこの宿を選んだんでしょう？」

重ねて荻村が問いかけるのに、中年の刑事は、

「予約の電話の際には特に何も言ってなかったらしいですが、最近、この宿のパンフを東京の旅行代理店にも置いてもらうよう営業してるそうなんで、偶然それを見て、というような理由かもしれません」

と答えた。

「それにしてもなんで伊東なんだ？　本宮はこの伊東に知り合いがいるのか？」

別の刑事が手を挙げたのに、

「その辺は、高梨警視から伺いましょう」

と反町課長が凜《りん》とした声でそう場を静めた。

「高梨警視、本宮はなぜここ、伊東へと逃亡を企《くわだ》てたのでしょうか？」

お手並み拝見、と言わんばかりに鋭い眼光を向けてくる反町課長に向かって高梨はにっと笑うと、

「それがわかれば苦労はありませんわ」

と肩を竦めながら立ち上がった。室内に一瞬どよめきが走る。笑っていいものなのかと戸惑う刑事たちをぐるりと見回すと、高梨は、

「はじめまして。警視庁捜査一課の高梨です」

と頭を下げ、皆が会釈を返す中、

「それでは、東京の事件の概要からご説明しましょう」

とよく通る声で話しはじめた。

「二十三日、三日前の深夜、新大久保《しんおおくぼ》のラブホテルの一室でフィリピン人女性が死亡しているのが発見されました。死因は彼女が常用していたと思われる覚醒剤の投与ミス——あまりに大量のシャブをいちどきに打たれたことによるショック死でした。隣の部屋を掃除していた清掃員が、現場から顔色を変えて飛び出してきた本宮の様子を訝《いぶか》って部屋を覗いたところ、ベッドの上の死体を発見、早々の事件発覚となりました。室内に本宮の指紋も残されていたこともあり、本宮を犯人と断定して全国に指名手配していたのですが、足取りが摑めなかったところに本日こちらから本宮殺害の連絡をいただいた次第です」

簡単に事件の経過を述べたあと、続けて、

「補足しますと、被害者のフィリピン人女性は不法滞在者、翠風会《よくふうかい》系の暴力団の下でシャブ漬けにされた挙句売春を強要されていたらしいこともわかっています。本宮と彼女の繫《つな》がりは今のところ不明。本宮が路上で彼女に声をかけられ、ホテルにしけこんだのでは、という

推論を裏付けるべく聞き込みを続けていますが、目撃情報はまだ得られていません」

　と言うと一旦周囲を見回した。が、誰も質問をする気配がないのを察すると、高梨は再び口を開いた。

「殺された本宮についてご説明しましょう。本宮という男は、歌舞伎町《かぶきちょう》の『リトルキッス』というホストクラブのホストです。歳《とし》も歳、ということもあり——今やこの業界でのピークは二十代前半だそうです——それほどの売上は上げていませんが、十七歳で上京してからずっと新宿で水商売を続けており、今から四、五年前は相当景気もよかったようです。出身は岐阜《ぎふ》、両親は健在ですがこの十年連絡を取りあったことはないそうです。生きているか、死んでいるかも知らなかったという両親の話に嘘はなさそうです。兄弟もなし、連絡を取りあっている親戚もなし。岐阜にいる学生時代の友人とも一切交流はなし。本宮は十年前、高校を中退して、家出同然で上京したそうなんですが、それ以来故郷の土を踏んだことはない、と両親はじめ皆が断言していました。東京での友人、愛人にも話を聞きましたが本宮はなんというか、それほど人付き合いをしなかったようで、ホスト仲間とも表面的な付き合いしかしておらず、愛人はすべて自分の客、といった調子で、彼の逃亡に手を貸したと思われる人物は浮かび上がりませんでした。というより、特別親しくしていた者どころか、その人となりを語れるような友人知人すらまるで浮かび上がってこない、というのが実情です。又、今のところ翠風会だけでなく暴力団関係との繫がりも見えてきません。現在、新宿署と共に本宮とこの伊東の繋がりを調べさせていますが、今までの聞き込みの様子から考えると、それを知っている人物がいるかどうか——なかなか難しいところだと思われます」

「本宮は『温泉』に行くのが趣味、という話は出ましたか？」

中年の刑事が右手を挙げて質問するのを、反町が、

「まだ警視のお話は終わってないだろう」

と遮《さえぎ》ろうとした。高梨は笑って、

「いや、構いませんよ」

と軽く手を振ったあと、

「なんといいますか、本宮の『趣味』が何か、を語れる人物が出てこないのです。同じ店のホストも、本宮との会話はすべて店のこと、客のことだったと言いますし、彼の客も、全員が全員、本宮は自分のことは滅多に話さなかった、と言うばかりでね……『リトルキッス』に勤めはじめたのは去年からなんですが、その前は、あの辺ではナンバーワンといわれる『ローズ』という店にいたそうです。そこでナンバースリーになるかならないか、というくらいの売上を上げていたんですが、その当時、一緒に働いていたホストにもやはり本宮のことを詳しく知る者はいませんでした。可愛がっていた後輩もいなければ、可愛がられた先輩もいない、おしなべて人間関係全般、淡白だったようです」

と、質問をした刑事にそう答えた。

「それにしても事件発覚から三日でしょ？　『密接な交流関係を認められる人物は見受けられない』と結論づけるのは、ちょっと性急なんじゃないですか？」

反町課長の隣の老練《ろうれん》な風体をした刑事が右手を挙げながら大きな声を出した。室内に一瞬緊張が走る。皆、それこそ『表面上』は県警と東京、ことを荒立てるのは避けようという雰囲気があったのだが、その空気に一石を投じるような発言に、

「林田《はやしだ》君！」

と反町課長が慌てた声を上げた。が、高梨はその場で大きく頷くと、

「おっしゃる通りです。まだ私共も――そして新宿署も、そうと断定しているわけではありません。が、この三日、捜査一課と新宿署が総力を挙げて聞き込みをした結果、彼と密接な交流関係を認められる人物が見受けられなかった、ということは事実です。それに加えて、本宮という男は人間関係だけでなく、生活も何も、淡白というかなんというか――ことごとく面倒なことを避ける、とでもいうんでしょうか、本当に淡々と毎日を過ごしてたようです。住居も、まあ、マンションは家賃の高いほうへと住み替えてはいますが、場所は十年間ずっと代々木《よよぎ》を移っていませんし、住環境だけでなく生活環境のすべてが著しく狭範囲に限られています。奴のヤサは私も見ましたが、モノがあまりにも少ない。仕事着であるスーツや客に買ってもらった時計類などは沢山ありましたが、それ以外、普段着も本当に数着しかありませんし、『無趣味』ということに無条件に頷けるくらい室内には何もなかった。勿論引き

続き、彼の交友関係は当たらせます。が、今現在わかっているだけの彼の交友関係の中から、彼と伊東の繋がりを見出すのは難しいのではないか、と私は考えています」

と丁寧に、語り聞かせるような口調で話を続けた。室内は水を打ったように静まり返っている。皆が高梨の話に頷いている中、反町刑事が一つ咳払いをすると、

「……確認させていただきたいのですが、こちらから連絡を入れさせていただくまで、本宮が伊東に潜入している、という事実を東京さんは知らなかった――ということでよろしいですか？」

と高梨に意地悪とも言える質問をしかけてきた。

「お恥ずかしい話ですがその通りです」

高梨は反町の挑発には乗らず、苦笑しながら頭を掻《か》いたあと、すぐに真剣な表情になり、静かだが熱い口調で言葉を続けた。

「殺人現場から逃走して以降、本宮の足取りは今のところ少しも摑めていません。現場から逃走したのが本宮とわかったのは、指紋照合の結果が出たあとなので事件発覚からほぼ一日が過ぎていました。その一日で本宮は逃走の準備をしたと思われるのですが、彼がどこに隠れていたのか、いつ、この伊東に入ったのか、交通手段は何か、それをこれから、皆さんと一緒に、皆さんと力をあわせて捜査していきたいと思っています。どうぞよろしくお願いします」

周囲を見渡し、深く頭を下げた高梨の姿を前に、またも室内は一瞬、しん、と静まり返る。

が、やがて、

「交通手段……車ではなかったんですよね」

「JRか――駅からはタクシーか？」

「至急タクシー会社を当たらせましょう」

がたがたと音を立てながら刑事たちが皆、椅子から立ち上がりはじめた。

「よし、駅とタクシー会社、それぞれに聞き込みに回ってくれ。橋爪《はしづめ》たちは引き続き残った客の事情聴取と身元照会、林田と荻村は従業員たちのアリバイの聞き込み、残りの者で周辺の聞き込みだ」

反町も立ち上がって、部下たちに指示を出したあと高梨の方を振り返り、

「高梨さん、これから旅館の女将と若女将、専務の話を聞くのですが、同席されますか？」

と彼に笑いかけてきた。

「お願いします」

にこ、と高梨は微笑みを返す。高梨の事件に対する真摯《しんし》なその姿勢が、『警視』の役職を感じさせず、そして警視庁の他の刑事たちが陥りがちな、県警を一段低いところに見る高圧的な物言いとは正反対の低姿勢な態度が、県警の刑事たちの『東京モノが捜査をかき回しにきた』という先入観を払拭《ふっしょく》したようだ。

「……それにしても、なぜこの宿だったんでしょうね」

肩を並べて部屋を出ながら、反町は先ほどまで見せなかった友好的な笑みを高梨に向けそう尋ねてきた。

「……そうですねえ……まあ、僕かて名前は聞いたことある宿ではありますが……露天風呂が有名なんだそうですね」

高梨が相槌を打つと、反町課長は、そうなんですよ、と頷き、

「警視もご覧になったでしょう。眺望が素晴らしい、というのはまあ有名ではありますが……」

と告げたあと、そうそう、と思い出したように、

「第一発見者の田宮氏、警視のお知り合いだそうですね」

と不意に話をふってきた。

「知り合いっちゅうか……せやね」

高梨がくすぐったそうな顔をして笑うのに、反町課長は、

「別室で話を聞いたそうですが……一体何を？」

と高梨の顔を覗き込んできた。真正面から聞きたいことをぶつけてきたのは、それだけ高梨に対して胸襟《きょうきん》を開いた、ということを自ら示したかったのだろう。それはわかるが、さすがの高梨も正直にその場の状況を語ることを躊躇《ためら》った。

「いや、知ってる男だったか、とか、なんで早朝に一人で風呂に行ったのか、とか——」

実際何も『事情聴取』などしなかった高梨が苦し紛れに思いついたことを言い出すと、

「それは私共も聞きました。後ろ姿だったから誰だかわからなかったそうですね。あんな早朝に風呂に行ったのは、前日風邪気味だったので入れなかったからと……せっかく温泉に来たのにそれじゃ勿体ないっていうんで早朝入ることにしたとか……」

と反町が先回りしてそう答えてくれた。そうだったのか、と内心ほっとしながら彼の話を聞いていた高梨だったが、

「え？」

と思わず小さく声を上げてしまった。

「どうしました？」

反町が聞咎《ききとが》めて問い返すのに、

「いえ、全くその通りです」

と頷きながら、高梨は田宮の言う『前日の風邪』が嘘であることを察してしまっていた。なんということだろう。自分の為《な》した悪戯のせいで彼は皆と一緒に風呂に入れず、その結果今朝一人で向かった浴室で、死体を発見することになっただなんて——。

『良平があんなっ……』

あのとき田宮が言いかけたのはこのことか、と高梨は小さく溜息をついた。

『ま、いいか』と結局何も言わずに自分の胸へと身体を寄せてきた田宮の頬の温かさが不意に高梨の胸に甦《よみがえ》る。

「警視？」

瞬時ぼんやりしてしまった高梨の意識は、反町課長の不審そうな声に呼び戻された。

「どうしたんです？」

眉を顰めた彼に高梨は、

「いや……」

と首を振ると、

「それにしても一体誰が本宮を殺したんでしょうね」

と敢えて話題を変え、反町を見返した。

「東京の殺人事件とは関係があるんでしょうか？」

反町がすぐにその話題に乗ってくれたことに内心ほっとしながら、高梨は再び心の中で田宮に向かって両手を合わせ詫《わ》びたのだった。

『専務室』と書かれた部屋には、女将の南野千代子とその娘の若女将の奈津子《なつこ》、入り婿《むこ》で専務の役職についている南野浩一《こういち》の三人が控えていた。千代子の夫は数年前に他界している。

反町と高梨が部屋へと入ってゆくと、

「犯人は？　捕まったんですか？」

と千代子が金切り声で叫んできた。相当苛々《いらいら》しているらしい。いつもはきちんと着付けているると思われる着物も襟《えり》が乱れ、手の中のハンカチがもみくちゃにされていた。

「現在捜査中です」

申し訳ありません、と反町が頭を下げると、

「一体全体なんだってウチで殺人事件なんかが」

と女将はうう、とそのしわくちゃなハンカチを広げてそこへ顔を伏せ、嗚咽《おえつ》に肩を震わせた。

「お母さん、しっかりしてよ」

その背中を擦《さす》りながら、途方に暮れたような声を上げている若女将に向かって反町は、

「今現在、総力を挙げて犯人検挙に当たっておりますから……そのためにも少々、お話伺えますでしょうか」

と丁重な口調で申し出た。

「さっきから何回も同じ話を繰り返してるじゃないの」

女将が泣き喚《わめ》きながら顔を上げ、きっと反町を睨みつける。

「仕方ないじゃないの」

若女将はそんな母親の背中を宥めるように擦りながら、

「すみませんねえ」

と反町と高梨に向かって頭を下げた。ぱっと見派手な美女だった。『美人女将』と称されるに相応《ふさわ》しい華やかな雰囲気を有している。

「いえ、本当におっしゃる通りで……」

申し訳ありません、と反町が頭を下げ返した。物のわかった様子の若女将だが、相当にきつい性格であることはその表情から見てとれた。警察に対して丁重《ていちょう》に応対しているのは多分、『営業停止』にでもされたらどうしようという計算が働いている結果に違いない。高梨はそんなことを考えながら、若女将の傍らに大人しく控えている、彼女の夫で、婿養子であるという若い専務の顔へと視線を走らせた。

歳の頃は三十前後か。旅館の専務というよりは、コンピューター会社の技師のような印象を受ける。銀縁の眼鏡の奥の瞳が心持ち泳いでいるのは、死体を見てしまった動揺が未だに続いているからだろうか。いや、もしかすると彼は常にこの華やかな妻の前では、このように自信なさげな表情を浮かべているのかもしれない。

「繰り返しになって申し訳ないんですが、もう一度本宮が——清水と名乗っていたとのことですが、彼が予約を入れてきたときの様子と、あと昨夜から今朝にかけて、何か気づいたことがありましたらお話しいただきたいのですが」

反町が専務の浩一に向かって慇懃《いんぎん》に話しかけると、浩一は、

「はあ……」

と気の弱そうなその目を伏せ、一瞬考える素振りをしたあとに、

「本当に……先ほどお話ししたことが全部なんですよ」

と困ったような顔を高梨と反町の方へと向けてきた。

「本当に何度も申し訳ないです」

反町は丁寧に頭を下げつつも、暗に再び同じ話を繰り返すようこの若い専務に強要している。

浩一は再び、

「はあ……」

と銀縁眼鏡の奥の目をかすかに泳がせながら、ぽつぽつと話をはじめた。

「……さっきも言いましたが……一昨日の夕方……四時過ぎでしょうか、清水と名乗る男性から予約の電話がありました。携帯電話からだったと思います……が、別段何も……」

「電話で本宮は……『清水』と名乗ったその男は、なんと言ってきたのですか？」

反町がそう問いかけると、

「殆ど何も……『明日部屋があるか』と聞いてこられたので、ご用意できます、と答えまし

たら、『清水の名前で予約を頼む』と……。人数を聞いたら『一名』、ご到着時間を続いて聞いたら何時から部屋に入れるのかと聞かれたあと『夕方』と答えただけで……」

と、何度も繰り返させられたので言う内容も覚えてしまったのだろう、浩一はすらすらと答え、

「とくに印象に残ったようなことはなにも……」

と反町を見やった。

「電話の様子はどうでした？　酷く焦っていたようだったとか、そういうことは？」

「いえ……最初から最後まで事務的だったと思います」

「周囲の様子は？　どこから電話しているか、周囲の音で何か印象に残ったものは……」

「いえ……携帯からだったということしか……」

この問答も何度も繰り返されているのだろうと、澱《よど》みなく質問に答える浩一の顔を見ながら高梨はそう思った。整った顔立ちをしている。客商売だからか、不自然に七三に分けられた髪を今風にし、眼鏡も外してみたら、相当人目を引く容姿なのではないだろうか。三十歳過ぎなのかと思っていたが、意外にもっと若いのかもしれない。殺された本宮と同じくらいか――と、高梨は会話が途切れた隙を逃さず、

「ちょっとよろしいですか？」

と、その浩一と反町をかわるがわるに見ながら口を挟んだ。

「はい？」

「ああ、どうぞ」

同時に答えた二人にそれぞれに笑顔で会釈すると、

「南野さんは……おいくつですか？」

と高梨は浩一を真っ直ぐに見詰めてそう尋ねた。

「え？」

きょとん、としたように目を見開いたあと、何を聞くのだろうと言いたげに眉を顰めながら、

「二十七ですが？」

と浩一がぼそりと答える。

「ご出身はこちらで？」

「いえ……」

浩一は首を横に振りながら、一体自分に質問している男は誰だ、というように反町へと視線を向けた。

「ああ、こちら、東京の……警視庁捜査一課の高梨警視です」

反町は紹介の労をとってくれたあとに高梨に向かって、

「他に何か？」

と質問の続きを促した。

「そうですねえ」

高梨は一瞬首を傾げたあと、

「昨日、本宮がチェックインしたときには南野さんはフロントの方にはいらっしゃったんですか？」

と再びにっこり微笑みながら南野の顔を覗き込んだ。が、答えてくれたのは南野の傍らに控えていた若女将で、

「いえ、主人はその時間は事務所に下がっておりました。フロントにおりました者の話は、さきほどそちらの刑事さんが聞いてらっしゃいましたが」

と、ちらと反町を見た。

「ああ、その通りです。宿泊カードも回収しました。フロントにいらした従業員の方にもお話を伺ったんですが、殆ど印象に残っていないと……」

反町が難しい顔をして頷いてみせる。

「そうですか」

高梨は反町に頷き返したが、不意に浩一の方へと顔を向けると、

「専務さんはどう思われます？」

と正面から彼の目を見据えた。

「はい？」

おどおどとした浩一の目の動きがますます落ち着きなく周囲に泳ぐ。

「なにが、でございますか？」

また横から若女将が口を出してきたのに、高梨は二人に向かって微笑みかけながら、

「いえね、どうして本宮はこの宿を選んだと思われますか？　以前に宿泊したことがあるとか、何か思い入れがあるとか……」

と続けた。

「わかりませんよ、そんなこと私共には……」

若女将が少し呆《あき》れた口調でそう言う横で、浩一も小さく頷いている。

「過去の宿帳は今調べさせています。『宿帳』というのは古いな。今はすべてパソコンでデータ化しているそうです。ざっと検索した限りでは本宮の名前はありませんでしたが、偽名を使っているかもしれませんので、これから一件ずつウラをとります」

反町がそう高梨に囁いてくるのに、

「わかりました」

と高梨は頷き、若女将と専務、そしてハンカチを噛んでいた女将に向かって、

「長々ありがとうございました」

と頭を下げた。

「いえ……」

やはり愛想笑いで答えてくれたのは若女将だけだった。高梨は立ち上がりながら、せや、と口の中で呟いたと思うと、

「その宿泊客のデータですが……」

とドアの前で三人を振り返った。

「管理なさっているのはどなたです？」

「……私、ですが……」

やはりどこかおどおどした目でそう答えた専務に、そうですか、と高梨は微笑むと、

「ありがとうございました」

と再び頭を下げ、反町と一緒に部屋を出たのだった。

「何かひっかかります？」

部屋を出た途端に反町が高梨の顔を覗き込んでくる。

「いや……」

高梨はしばし黙り込んだが、やがて自らの考えを纏めるようなゆっくりした口調で話しはじめた。

「本宮とこの旅館の接点はなんやろ——逃亡中の本宮が、わざわざ前日に予約を入れてまで、この『南風荘』に宿泊したのはなぜなのか。同じ身を隠すのだったら、担当仲居がつくよう

な温泉旅館よりも都会のビジネスホテルの方が適しているにもかかわらず、敢えてこの旅館を選んだんは何か特別な理由が――それこそなんらかの接点があるんやないか――どうしても僕にはそう思えて仕方がないんですわ」

「……接点、ですか」

うーん、と反町も腕を組んで考え込む。

「……専務の南野浩一ですが――出身地と経歴、調べられますか？」

不意に声を潜めると、高梨は反町の耳元にそう囁いた。

「え？」

驚いたように目を見開いた反町に高梨は、

「ほんま、乱暴な推理だとは思いますわ。単に南野と本宮が同い年、それだけの話なんですがね」

と苦笑するように笑ってみせた。

「そこに『接点』があると？」

反町の顔に緊張が走る。

「……殆ど勘やけどね」

高梨は言いながら先ほどまで目にしていた南野浩一の、あのおどおどと泳ぎ続けていた眼差しを思い浮かべた。

正直、単なる『勘』以外の何ものでもなかった。思いの外整った彼の容姿が、殺された本宮の、いかにも『商売モノ』らしい洗練された容貌《ようぼう》との関連を思い起こさせた、それだけの話かもしれない。

「勘、ですか」

拍子抜けしたようにそう返してきた反町に、すんません、と頭を下げながら、高梨はそれでも己の内に芽生えたその『勘』が、捜査を正しい方向に導くに違いないという予兆を感じずにはいられなかった。

4

「田宮、帰らないのか？」

部内旅行明けの月曜日、前日の事件のショックが尾を引いたため、というわけではないのだが、午後十一時を回る頃になっても田宮の仕事は終わる気配を見せなかった。杉本が声をかけてくれたのに、

「もう少しやってます」

と笑顔で答えながら、田宮は夕方携帯に入った高梨の電話を思い出していた。

伊東のホテルで殺されていたのは、高梨が東京で追っていた殺人事件の容疑者だったらしい。結局昨夜は伊東に泊まり、今日の午後東京に帰ってきたそうだが、当分家には——田宮のアパートには帰れそうにない、という内容の電話だった。

「気をつけて」

本当に『気をつけて』以外、自分は言葉を知らないのかと田宮は常に思う。もっと気の利いた、高梨を思いやる言葉はないものかと自分の語彙《ごい》のなさを嘆いても、いつもこういった電話のときに田宮の口をついて出るのは、馬鹿の一つ覚えのような『気をつけて』という言

葉だった。

『ありがとね』

高梨はそう答えてくれたあと、忙しかったのだろう、オーバーなキスの音を立ててすぐに電話を切った。今回はどのくらいの『泊り込み』になるんだろう。替えの下着と、何か差し入れを持って行こうか。そんなことを考えながら、田宮ははじめて高梨の職場を——警視庁捜査一課を『差し入れ』を持って訪れたときのことを思い出し、くすりと一人笑ってしまった。

深夜のコンビニを狙った強盗殺人事件——『強盗』といいながら、犯人はレジの金には手をつけようとせず、留守番のバイト学生の頭に銃弾を撃ち込むことのみが目的に見えたという連続殺人事件が起こったとき、やはり連夜の泊り込みとなってしまった高梨の依頼で彼に着替えの下着を届けに行ったのはもうふた月ほど前のことになる。

疲れたような声で電話をしてきた彼に、何か差し入れを、と思った田宮は、以前食卓に出したときに「ほんまにこれ、美味《おい》しいわ」とことのほか高梨を喜ばせた稲荷寿司を作って持って行ったのだが、これが高梨をはじめとする捜査一課の面々に受けに受け、それ以来、稲荷寿司は田宮の『差し入れ』の定番となった。

『警視、ヨメさん来ましたよう』

『愛しいごろちゃんですよ』

警視庁内で初めて刑事たちにそう言われたときには、一体何ごとかと田宮は腰が抜けるほどに驚いた。普通、こういった関係は世間には隠すものだという良識が高梨には欠けていたようで、あまりにもオープンに二人の仲を職場で『惚気《のろけ》て』いるらしい様子を目の当たりにして田宮は啞然《あぜん》としてしまったのだったが、そんな彼も皆にからかわれるうちに次第に『嫁さん』という呼び名にも慣れ、今では高梨に差し入れを持っていくときには課員全員が食べられるだけの数の稲荷寿司を作って持って行くようにすらなっていた。

早速今晩にでも材料を買って——と思っていたところに突発的な仕事が入り、いきなりの残業となってしまった。今日中になんとかカタをつけて、明日こそスーパーの開いているうちに帰ろう、と、まるで共働きの主婦のようなことを考えながら、田宮が気合を入れてパソコンに向き直ったそのとき、

「田宮さん」

後ろから不意に声をかけられ、田宮は驚いて顔を上げた。先ほど杉本が帰ったあとはフロアには自分以外、もう誰も残っていないと思っていたからだ。

「富岡？　まだいたのか？」

振り返りながら声の主を見上げ、田宮は微《かす》かに眉を顰めた。アルコールの匂いがこの生意気な後輩の身体から立ち昇っている。赤い顔といい、潤んだような瞳といい、相当酔っ払っているらしい。

「飲み会？」

尋ねながらも、相手にしている時間が惜しいと背を向けた田宮の背中に覆い被さるようにして富岡は田宮のパソコンを覗き込むと、

「合コンですよ」

とくすくす笑って、酒臭い息を田宮の耳元に吹きかけてきた。

「そりゃよかったな」

こっちは残業メシも食わずにずっとパソコンに向かっていたのにと思いつつ、田宮は邪険にそう答え、

「重いよ。離れろ」

と肩を揺すった。

「よかないですよ。なんてゆーんでしたっけ？　えーと、前評判ばっかりっていうの……評判……」

富岡はますます体重をかけてきながら、大きな声を出してくる。

「評判倒れ」

「そう、それそれ。ほんっと、今回のオンナノコは『評判倒れ』だったんですよう」

あはは、と笑った富岡は田宮を後ろから抱き締めるような勢いで肩に腕を回してくる。首が絞まりそうになったのと、あまりに酒臭い息に耐え切れず、

「離れろって」

と田宮が椅子から立ち上がろうとしたとき、

「だって田宮さん、こういうの好きでしょ？」

そう囁いてきた富岡の声色に、さきほどまでの酔った調子はなかった。

「……なに？」

抱きつかれた背中は富岡の身体の熱が伝わり熱いほどだったが、田宮の胸に冷たいものが走った。

「僕、見ちゃったんですよねえ」

歌うようにそう言いながら、富岡が田宮の肩に顔を埋めてくる。

「『見た』？」

その腕から逃れようと立ち上がり問い返した田宮に、富岡はくすくすと笑いながら、

「『良平！』『ごろちゃぁん』」

と声色を使い分けてそう言ったあと、

「あれは誰？　刑事？」

とその腕は緩めずに後ろから田宮の顔を覗き込んできた。

「…………」

田宮は思わず絶句し、富岡の腕の中で身体を強張《こわば》らせた。旅館の廊下での抱擁を彼に見ら

れていたとは思わなかった。あのとき自分を呼びにきたのは確かに彼だったが、そんな光景を『見た』という素振りすら見せなかったじゃないか——彼は何を思って今頃そんなことを言い出したのだろう、と田宮は無言のまま探るような眼差しを、今や背後から自分のことを抱き締めていることが歴然とわかる富岡へと向けた。

「……黙ってちゃ、わかんないなあ」

富岡は田宮の視線を捕らえたのを察し、にやりと笑ってそう囁いてくる。

「……お前に関係ないだろ」

自分の言葉が高梨との関係を肯定することにならないか、それだけが田宮の気がかりだった。自分はともかく——勿論富岡のような、普段田宮に何かとつっかかってくる輩《やから》に、高梨との世間的には眉を顰められるような関係を知られたくはなかったが——高梨の社会的立場を考えると、その性的指向で後ろ指を差されるような状況に陥らせるようなことは、何より彼のために避けたかった。

その状況が自分の周囲から派生したなどということになっては、高梨に対して申し訳なさすぎる——一瞬にして田宮はそこまで考えたのだったが、

「そりゃそうですけどねえ」

と言いながら、ますます強い力で自分を抱き締めてくる富岡が何を考え、このような行動に出ているのかまでは、思いを巡らすことができなかった。

酔って絡んでいるだけなのか、それとも――。

まさかね、と田宮は己が感じる不安を無理に頭の隅へと追いやった。『合コンキング』と呼ばれるほど女好きで知られる富岡にその手の趣味があるとは考え難い。

「いい加減離せよ」

田宮はそう言いながら、学生時代体育会テニス部だったという富岡の発達した上腕へと手をかけた。が、その手は緩む気配を見せず、逆に彼が触れた部分の筋肉が一段と盛り上がり、息苦しいほどに田宮の胸を締め付けてくる。

「おい？」

堪《たま》らず田宮がまた振り返り、富岡を睨みつけようとしたそのとき、

「僕……まだ男とはヤったことないんですよねえ」

アルコールの匂いのする生温かい息が田宮の耳朶に吹きかけられたかと思うと、富岡の右手が後ろから田宮の顎《あご》を捕らえた。

「おい？」

ぞくり、という感覚が田宮の背筋を這《は》い登る。富岡は田宮の顎を捕らえたまま、その耳元で、

「……女なんかより全然締まりがいいって言うじゃないですか。やっぱクセになりそうなもん？」

と囁きながら、左手を田宮の胸のあたりまで下ろしてきた。

「やめろっ」

己の胸を弄《まさぐ》るように這い回る掌の感触に耐えかねて、田宮は大声を出すと渾身《こんしん》の力を揮《ふる》って富岡の腕から逃れようと試みた。が、相当酔っているはずのこの後輩は軽々と田宮の抵抗を封じると、

「身体中にキスマークつけられちゃうくらい、可愛がられてるんですものねえ。……相当クセになるってことかな？」

と余裕の笑みさえ浮かべ次第にその手を下の方へと伸ばしてくる。

「離せ！　悪趣味だっ」

田宮が叫んだその瞬間、

「おい、何やってるんだ？」

不意に後ろで声が響いた。さすがにぎょっとしたのか富岡の手が緩んだ隙に、田宮は彼の胸を突き飛ばすようにして身体を離すと、救いの主となってくれた声の方を振り返った。

「どうした？」

そう言いながら田宮たちの方へと近づいてきたのは、先ほど社を出たはずの杉本だった。

「いえ……」

田宮は無理やり笑みを浮かべると、

「杉本さんこそ……忘れ物ですか？」

と自席に座り直し、彼に尋ね返した。

「そうなんだよ。明日直行なの忘れてさ」

参ったぜ、と言いながら杉本は自分の机から書類の入った封筒を取り上げ、田宮に示してみせた。

「お疲れさまです」

田宮が同情的な声でそう返すと、

「ほんとに疲れたぜ」

と杉本は笑ったあと、

「そろそろお前も店じまいにしたら？」

と田宮の傍らまで歩いてきた。

「そうですね……」

田宮は頷きながら、いつの間にか自分から離れ、自席へと戻って行った富岡の方をちらと見た。杉本もその視線を追うようにして富岡の後ろ姿を眺めたあと、

「お前もいい加減、帰れよ」

と、大声でそう呼びかけた。

「はいはい」

その声に振り返りもせず手を振る富岡に、

「まったくもう……」

と肩を竦めてみせてから杉本は田宮に向かって小さな声で、

「どうした？　殴られたか？」

と心配そうに囁いてきた。どうやら杉本の目には、富岡が田宮を羽交い絞めにし、暴力をふるっていたように見えたらしい。

「いえ……」

大丈夫です、とやはり小さな声で答えながら、田宮はこのまま仕事を続ける気力が著しく萎《な》えている事実から目を背けるのをやめた。杉本が帰ってしまったあと、再び富岡と二人このフロアに残る勇気はさすがにない。

富岡にとっては酔った上でのちょっとした悪ふざけのつもりだったかもしれないが、解《ほど》こうにも解けないあの腕の強さは、たとえそれが『冗談』であったとしても田宮を竦ませるには充分だった。過去の無理やり身体を開かされた経験が、田宮の内に抑えられない恐怖を呼び起こしていた。

「俺も帰ります」

小さく溜息をついたあと、田宮はデータを保存しパソコンのスウィッチを切った。

「そうそう、『明日でいいことは今日やらない』ってね」

杉本はそう豪快な笑い声を上げると、鞄を手に立ち上がった田宮の背に腕を回すようにして共にエレベーターホールへと向かった。

「お先に」

杉本が一応そう富岡に声をかけるのにあわせるように、

「お先に」

と田宮も彼の背中に声をかけた。と、富岡は肩越しにそんな田宮を振り返り、

「『ごろちゃん』、また明日」

とにやりと笑って片手を挙げた。

「ごろちゃん？」

杉本が眉を顰めるのに、田宮は、

「行きましょう」

と彼を促すと、敢えて富岡を無視し足早にフロアから立ち去ったのだった。


「ほんとに富岡も……なんだってあんなにお前に絡むんだろうなあ」

駅までの道を肩を並べて歩きながら、杉本が溜息まじりに言うのに、

「さあ」

と短く相槌を打った田宮は今更のように高梨との関係を富岡に知られたという事実に、一人深く溜息をついた。杉本はそれを、生意気な後輩に絡まれて困り果てているとでもとったのだろう、

「ま、そんなに気にするな。所詮《しょせん》はワカゾー、相手にするだけ馬鹿をみるってもんだ」

と、またも豪快に笑って田宮の背を叩いた。

「ほんとに……」

そうですね、と笑顔を返しながらも、田宮の脳裏には富岡のあの囁きが甦る。

『僕、見ちゃったんですよねえ』

このまま知らぬ存ぜぬで通すことは難しそうだった。彼の口から自分と高梨の——警視庁捜査一課の警視との『親密な関係』が社内に知れるのは避けようがないだろう、と田宮は再び、今度は傍らの杉本に気づかれないよう密かに溜息をついた。

高梨の周囲では明るく受け入れられている関係が、世間的にどのような目で見られるかという予測は田宮にも簡単につく。が、それが嫌だ、というよりは、そのことで高梨に迷惑をかける結果になったらどうしよう、という思いの方が強かった。

「ほら、元気出せって」

黙り込んでしまった田宮に、杉本が再び背をどやしつけながら明るい笑顔を向けてくる。

この笑顔を失うことになるのはやはり少し応えるかな、と考えている自分に気づき、そんな自分にうんざりしながらも、田宮は無理につくった笑顔で杉本の顔を見返したのだった。

駅からタクシーでアパートまで乗り付け、自分の部屋を何気なく見上げた田宮は、え、と小さく声を漏らした。部屋の明かりがついている。もしや——と、彼は外の階段を駆け上り、鍵を開けるのももどかしくドアを開いた。玄関にはやはり靴が——高梨の靴が綺麗に揃えて脱いである。

「良平？」

当分帰れないのではなかったか、と田宮がその名を呼びながら部屋へと入っていくと、

「ああ、おかえり」

とベッドサイドで、鞄に下着を詰めていた高梨が田宮に笑いかけてきた。

「どうしたの？」

駆け寄った田宮の身体を高梨は抱き締めると、

「おかえりのチュウ」

と唇を押し当てるようなキスをしたが、田宮が答えを待つように目を見開いたままでいる

と、

「びっくりした？」

と笑顔になって唇を離した。

「どうしたの？」

再び尋ねる田宮に高梨は、

「明日また、伊東に行かんならんようになったんよ。泊まりになるかもしれんのでね」

と目で支度をしているバッグを示して見せた。

「伊東？」

「そ。伊東」

高梨はそう答えたあと、ざっと鞄の中を見渡し、

「これでよし、と」

と笑ってファスナーを締めた。

「……大変だね」

その背中を見ながら思わずぼそりと田宮が呟くと、

「大変なのはごろちゃんやったやないか」

と高梨はベッドから鞄を下ろして振り返り、田宮の身体を抱き寄せてきた。

「え？」

田宮の頭に最初に浮かんだのは、先ほどの富岡とのやりとりだった。なぜそれを高梨は知っているのだ、と身体を強張らせかけた田宮に、

「ごろちゃんが本宮の死体を発見したの……僕のせいやったんやね」

と高梨は本当に申し訳なさそうな声を出し、ぎゅっとその身体を抱き締めた。

「……へ？」

思いもかけないその言葉を聞いた田宮は素《す》っ頓狂《とんきょう》な声を上げてしまったのだったが、高梨はそれには気づかぬようで、

「ほんまに……あんなに意地になってキスマークなんてつけんといたらよかった……ほんま、ごめんな」

と田宮の耳元で真摯な口調でそう囁き、尚も強い力でその背を抱き締めてくる。

「あ……」

そういえばそうだった——富岡の所業があまりにショッキングであったために、既に前日のことを忘れていた自分がまた情けない。忘れてたよ、と言いかけた田宮の脳裏に再びあの富岡のにやりと笑った顔が甦った。

『身体中にキスマークつけられちゃうくらい、可愛がられてるんですものねえ』

あ、と田宮は再び声を上げかけたが、その声を飲み込むようにまた口を閉ざした。事件にこれから全霊をかけて臨んでいくであろう彼を、こんな馬鹿馬鹿しいことで煩わせる必要は

ない。富岡一人くらい、自分で抑えられなくてどうする、と田宮は心の中で密かに一人気を吐いた。

『僕、まだ男とはヤったことないんですよねえ』

酒臭い息でそう囁いてきた彼の声を思い出し、馬鹿にするな、と田宮は高梨の腕の中で唇を噛む。

「ごろちゃん?」

高梨が自分を呼ぶ声に田宮は我に返ると、ぎゅっとその背を抱き締め返した。

「……どないしたん?」

敏感に普段との違いを察して彼の顔を覗き込んでくる高梨の首に田宮はやにわに両手を回すと、

「ごろちゃん?」

と目を見開いた高梨の唇を自分から塞いだ。一瞬身体を引きかけた高梨も、田宮が舌を彼の口内へと差し入れると、痛いほどに己の舌を絡めてきた。そのまま田宮は高梨の身体をベッドへと押し倒すように体重をかけ、察した彼が仰向けに倒れ込んでくれたその身体の上に圧《お》し掛かりながら唇を塞ぎ続けた。

高梨はそんな田宮のタイを、続いてシャツのボタンを外したあとに、ベルトへと手をかけ、かちゃかちゃと音を立てながらそれをも外してゆく。そのままスラックスのファスナーを下ろして下着ごとそれを擦り下げている間に田宮は身体を起こして自らシャツを脱ぎ捨て、下に着ていたTシャツをも脱ぎさった。片膝《かたひざ》ずつ寝台についてスラックスも下着ごと脱ぎ去ると全裸になって、まだ少しも着衣の乱れのない高梨へと再び覆い被さってゆく。唇を合わせようとした瞬間、田宮の頭にふとある考えが過《よぎ》った。重なる寸前で止まった彼の唇に、

「なに？」

と高梨が掠《かす》れた声で問いかけてくる息がかかる。

「……今更なんだけど……今晩、泊まれるのか？」

ぼそ、と小さな声で尋ねた田宮の裸の背中を、高梨は、あはは、と声を上げて笑いながら抱き締めた。

「この状態で『おあずけ』は、ナシやわ」

体勢を入れ替え、田宮の身体を仰向けにして高梨はその上に覆い被さると、貪《むさぼ》るようなくちづけを唇へと落としてきた。田宮は高梨の身体の下で、先ほどのお返し、とばかりに彼のタイを外し、シャツを脱がせ、ベルトへと手をかける。高梨は田宮のするに任せながら、唇を塞いだまま、手を田宮の胸から脇腹、更にその下へと滑らせていった。田宮の腿の内側を摑んで思い切り脚を開かせたあと、片方の脚を高梨は自分の腰へとかけさせた。より二人の身体が密着し、キスだけであるにもかかわらず、既に熱く形を成しつつあった田宮の雄が、互いの腹に擦られ更にその硬さを増した。田宮の腹にあたる高梨のそれも既にその先端から

透明な液を零しつつあるほどに膨張しきっている。

ちらと自分の、そして田宮の雄を見下ろしたあと、高梨は目だけで微笑むと、半分だけ浮かせた田宮の腰へと手を戻しながら、己を受け入れてくれるそこへとそろそろとその指を挿入させた。高梨の腰にかかった田宮の脚がびくんと震え、自らの意志をもってそこから落ちまいとでもするかのように、きつくその腰に絡みつく。もう片方の田宮の脚は高梨が持ち上げる前に、彼の腰へと絡んできた。熱く滾《たぎ》るそこを弄《いじ》る指の動きに合わせるように自然と腰を振ってしまう田宮の仕草に愛しさが募るのを抑えることができず、高梨は身体を一瞬離すと、猛《たけ》る己自身を一気にそこへと捻《ね》じ込んでいった。

「……っ」

いきなりの突き上げに田宮が身体の下で息を呑《の》むのがわかる。大丈夫か、と問いかけようとしたそのとき、彼の脚が高梨の背中を一段と強い力で抱き締めてきた。

「……ごろちゃん」

掠れた声で呼びかけると、田宮の潤んだ瞳がじっと高梨を見上げてくる。薄く開いた唇が濡《ぬ》れているのは、先ほどのくちづけの名残だろう。あまりにも淫蕩《いんとう》に見えるその表情《かお》に、高梨の中で何かが音を立てて弾《はじ》け飛んだ。欲望のままに激しく突き上げる高梨の動きが速まってゆくにつれ、田宮の唇からは高い声が漏れはじめる。

いつになく、どこか箍《たが》が外れたような田宮の様子に幾許《いくばく》かの違和感を抱いている余裕が、そのときの高梨にはなかった。自らも獣のような声を上げながら田宮の中に精を吐き出し、彼の上に覆い被さってゆく。求められるままに激しいくちづけを田宮の唇に落としながら、高梨ははじめて、その『違和感』の後ろ姿を捕まえ、密かに田宮へと探るような視線を向けたのだった。


翌朝、朝一番のこだまで伊藤へと向かう高梨に合わせて起きた田宮は、昨夜の行為の名残からか酷く疲れたような顔をしていた。

「大丈夫か？」

と彼を気遣う高梨に、田宮は、

「良平こそ」

と笑うと、

「いってらっしゃいのチュウ」

と高梨の唇を塞いだ。

「……何があったん？」

小首を傾げるようにして高梨は田宮を見下ろしたが、田宮は、

「何も」

と笑顔で首を横に振っただけだった。

昨夜の田宮は、まるで何かから逃れようとして行為に没頭しているように高梨には見て取れた。彼は一体何から逃れようとしていたのか。不安、恐怖、それとも——。

「遅れるよ？」

田宮の声に、高梨はふと我に返った。逆に自分を心配そうに見上げている彼の唇へと高梨は唇を落とすと、

「なんかあったら……いつでも電話してや？」

といつにない言葉を口にしながら再び田宮の唇を塞ぎ、

「いってきます」

と後ろ髪を引かれる思いでアパートをあとにしたのだった。

5

高梨《たかなし》が再び伊東《いとう》に行くことになったのには次のような経緯があった。

話は前日へと遡《さかのぼ》る。

伊東での本宮《もとみや》の遺体検分を終えた高梨は、一旦《いったん》東京へと戻って捜査方針立て直しの陣頭指揮をとることになった。

今まで容疑者として追っていた本宮の死が誰の手によるものなのか、そして本宮を果たして新大久保《しんおおくぼ》でのフィリピン人売春婦殺害の犯人と断定して間違いないのか――本宮と売春婦のかかわり、若《も》しくはその売春婦を抱えていたという翠風会《よくふうかい》との間には、今のところ一筋の糸ほどの繋《つな》がりも見出せないでいた。

このまま被疑者死亡で当該事件を送検していいものか決定すべく、月曜日の夕方、高梨の帰京と同時に新宿署と合同で捜査会議を開催するという連絡が署内を巡った。

「お疲れ。すまんかったな」

本来なら捜査責任者である高梨がわざわざ伊東まで出向く必要はなかったのだが、静岡《しずおか》県警とはついひと月前に、捜査二課がいわゆる縄張り争いめいた騒動を起こしたばかりだった。

今回そのあおりを受けて万が一にも捜査に支障をきたしてはならないと、大事をとった捜査一課の金岡《かなおか》課長が所轄との連携捜査に定評のある高梨を向かわせたのだった。

「いや、温泉夢気分でしたわ」

高梨が金岡に笑って返すと、

「嘘をつけ。殺害現場じゃあ立ち入り禁止になってたろうが」

と課長も笑って高梨の背をどやしつける。

「バレましたか」

首を竦《すく》めて舌を出した高梨に、金岡課長は、

「帰って早々で申し訳ないが、新宿さんもスタンバイできてるもんでな」

と会議室の方へと顎《あご》をしゃくってみせた。

「了解」

高梨は表情を引き締めると、課長のあとに続いて捜査会議の場へと向かった。

高梨が部屋に入ると、捜査一課と新宿署の刑事たちが皆口々に、

「おかえりなさい」

「お疲れ様でした」

と声をかけてきた。新宿署とはふた月前に件《くだん》のコンビニ連続強盗殺人事件を共に検挙したばかりであるので、本日の会議に出席している刑事たちも高梨にとっては馴染《なじ》みのある顔ば

かりである。

中でも高梨と同い年の納《おさめ》刑事は、五年前、捜査一課に赴任したばかりのときコンビを組んで以来の親しい仲で、先だっての事件では高梨を庇《かば》って被弾、ようやく最近、撃たれた足を引き摺《ず》ることなく捜査にあたれるようになっていた。

「サメちゃん、久しぶりやな」

新宿署の納刑事——人気小説のタイトルから連想される『新宿サメ』の通称を持つ彼だったが、高梨は親しみをこめて常にこの呼び名を使う。

「おう」

鮫、というよりは熊を思わせる、柔道五段の猛者《もさ》である納は高梨に笑顔を向けながら、

「今回もよろしく頼むわ」

と片手を挙げてみせた。傍らで納とペアを組んでいる橋本《はしもと》刑事も高梨に会釈する。

「それでは捜査会議をはじめます」

高梨がそんな彼らに笑顔を返し中央の席へつくと同時に金岡課長が会議の開始を告げ、高梨に伊東で知り得た事実の報告を促した。

「本宮に間違いはなかったと連絡は受けているが、詳細をここで発表してほしい」

という金岡課長に、

「はい」

と頷《うなず》き高梨は立ち上がると、本宮が『清水《しみず》』という偽名で前々日、二十四日の夕方に予約の電話を入れてきたこと、チェックインは翌、二十五日の夕方五時で、旅館内での彼の動きは殆《ほとん》ど従業員の目にとまらなかったこと、そして昨日、二十六日の朝六時に遺体が旅館内の露天風呂で発見されたことなどを順を追って簡潔に説明していった。

「死亡推定時刻は、午前五時から六時——検死の結果、遺体発見時刻の直前に殺されたことがわかりました。凶器は露天風呂に飾りとして配置されていた岩のひとつで、遺体の傍《そば》で発見されていますが指紋は一つも検出されていません。『南風荘《なんぷうそう》』の露天風呂の営業時間は午前六時から、とのことでしたが、本宮はそれより若干早い時間に風呂へ入っていたようです。第一発見者が風呂に入ったのが六時だったことからそれが窺《うかが》えます」

「第一発見者は宿泊客ですか？　本宮との繋がりは？」

納刑事の隣で橋本刑事が手を挙げたとき、高梨は、

「ええ」

となんともいえない顔をした。その場にいる皆は一瞬首を傾《かし》げたのだったが、

「本宮との繋がりはありません。それは断言できます」

という高梨の言葉にますます皆、首を傾げ、

「なぜそう断定できるんです？」

「昨日の今日でそう断定するのは危険では？」

などと口々に高梨へと疑問を投げかけてきた。

「いや、断定できるんですわ」

と高梨は皆を静めるように両手を広げたあと、片手を頭に持っていき、

「第一発見者ゆうのが……僕をはじめ、みなさんがよう知ってはる人物やったもんやから」

と照れくさそうに頭を掻《か》いた。

「え？」

またも一同の不審そうな視線が高梨に集中する。

「誰なんだ？」

金岡課長が隣からそう高梨へと声をかけると、高梨は、

「田宮吾郎《たみやごろう》氏」

と言ったあと、一同が声を上げて驚く様子に、いたずらっ子のような微笑を浮かべ肩を竦めてみせたのだった。

「ごろちゃんが、第一発見者!?」

「ほんとですか？」

「ヨメさん、大変なことに巻き込まれちゃいましたねえ」

一課の面々が口々に騒ぐ横で、

「大丈夫か？　ショック受けてたりしないか？」

と納刑事までが、心底心配そうな声を上げたのに、高梨は苦笑しつつも、

「大丈夫やて。なんてったって僕がついてるさかい」

と捜査会議の席だというのにそう惚気《のろけ》てみせると、いつまでも騒然としている場を静めるべく姿勢を正し、

「そういうわけで、第一発見者と本宮の関係は『ナシ』ですわ。因《ちな》みに旅館内でも田宮氏は本宮の姿を見かけたことはなかったそうです」

とよく通る声で告げ、話を先へと進めはじめた。

「今、静岡県警の方で、本宮の伊東に着いてからの足取りを追ってもらっています。駅から彼を旅館まで乗せたというタクシーが見つかったそうなので、その時間から本宮が乗ってきた伊東線の時刻も割れるでしょう。本宮がどこから伊東線に乗り込んだのか、そこからまず着手し、新大久保での事件のあとの彼の足取りを追うことにしましょう。続いて本宮を殺害した犯人についてなんですが、抱えているフィリピン人売春婦を殺されたことに対する翠風会の報復の線が消えた、という連絡を東京までの移動中にちらと聞いたのですが、それはどういうことですか?」

高梨がその連絡をくれた納の方へと視線を向ける。

「まあ完全に『消えた』と断定はまだできないかもしれませんが、ほぼ間違いはないでしょう」

納はそう言って立ち上がり、周囲に軽く頭を下げてから話しはじめた。

「マル暴担当からの話なんですが、二十三日、殺人事件の起こった日の午後、翠風会の若頭が銃撃されましてね。犯人は最近翠風会とシマ争いをしていた児島《こじま》組のチンピラらしく、これをきっかけに今、翠風会と児島組は一触即発、どうやらコトが起こりそうなくらいに緊張が高まっているそうです。組員は全員児島組おさえと幹部の身辺警護に奔走《ほんそう》しているそうで、とても伊東まで人をやる余裕はないという話でした。確かに昨夜からドンパチはじまりましたから、この話の信憑《しんぴょう》性はあると思います。また、翠風会と本宮の繋がりが全く浮かんで来ないことから、奴らが警察より先に本宮の行方を突き止めたとはちょっと考え難《にく》いのでは、と思われます。繰り返しになりますが、まだ断定はできませんので、組内の様子に目を配るつもりです」

「現場となった『南風荘』の露天風呂は、外部からの侵入も容易な上に、周辺道路は早朝でも車通りが多いそうで、旅館内部——宿泊客や従業員の犯行、と断定はできないのですが、そういった事情だと翠風会の線は薄れますね……」

高梨はそう頷いたあと、

「やはり、翠風会と本宮の間を繋ぐ線は出ませんか？」

と納に尋ねた。

「出ません。接触した気配すら見えません。今、双方の周辺を徹底的に洗ってますが、見通しは著しく暗い――というか、『無関係』としか思えないのが実情です」

納は心持ち顔を顰《しか》めながら答え、

「無関係か……」

と呟《つぶや》いた高梨に、うん、と頷いてみせた。

「殺されたフィリピン人売春婦と本宮の関係も、出てないんですよね」

重ねて問いかける高梨に、

「その通りです」

と納は答え、

「偶然その日、路上で声をかけてホテルへ連れ込んだ……と思われますが、その目撃情報はまだ得られていません。気になるのは、本宮の周辺での聞き込みでは、本宮には普段売春婦を買うような様子がまるで感じられないことです。プライベートを周囲に知られていない彼ですが、どうも本宮と売春婦、というのがミスマッチに思えて仕方がないんですよね。加えてもう一つ気になるのが、翠風会の売春ルートの件です。この三カ月あまりで、彼らが抱える不法滞在の外国人売春婦の数が急増しています。彼らが何か新しいルートを開拓したのではないかと、今その方も当たらせています。……ま、これが本宮に結びつく線になる可能性は著しく低いと思うんですがね」

と続けた。

「売春ルートか……。殺されたフィリピン人女性はいつから翠風会に？」

高梨の問いに納は、

「二カ月ほど前らしいですが、それまでどこにいたかは不明だそうです。地方じゃないか、と同業のフィリピン人が言ってましたが」

と答えながら、な、と傍らの橋本に同意を求めた。

「はい、そのフィリピーナが言うには、最近翠風会が抱えてる売春婦は地方から流れてきた女が多いそうです。地方に何かルートを開拓したらしいんですが、連中今はそれどころじゃない様子で、ちょっと探るのには時間がかかりそうです」

橋本が立ち上がって補足するのに、高梨は、

「ありがとうございます」

と二人に向かって会釈を返した。

「他に何かあるか？」

金岡課長が高梨へと問いかける。これからの捜査方針を決定する方向へと話を導こうとしているのだろう。高梨が、いえ、と軽く首を振ると、金岡課長は、これから捜査一課と新宿署の動きについて、事件後の本宮の足取りを、なぜ伊東へと向かったかその理由も含めて追う、本宮と被害者の繋がりを引き続き調べる、と話を纏《まと》めかけた。が、そのとき、

「ちょっとええですか」

と高梨が、彼にしては歯切れの悪い口調でそう右手を挙げた。

「なんだ？」

金岡課長が尋ね、皆が注目する中、高梨は一瞬考えを纏めるように口を閉ざしたが、やがて、

「……全くなんの裏づけもない、タダの私の勘に過ぎないんですが」

と話しはじめた。

「逃亡中の本宮がなぜ、あえて前日に予約を入れてまで伊東の『南風荘』を訪れたのか――それがどうにも気になりましてね。彼と伊東、彼と南風荘のかかわりが何かあるに違いないと、そう考えていたところにもってきて、この宿の婿養子《むこようし》で専務の南野浩一《みなみのこういち》、彼が本宮と同い年であることがわかりまして……」

「おいおい、歳《とし》が同じってだけで『かかわりがある』っていうのは乱暴じゃないか？　その南野っていう専務は、本宮との関係を否定しているんだろ？」

金岡課長が、横で呆《あき》れたような声を出したのに、高梨は苦笑しながら頷くと、

「ほんま、我ながらなんの根拠もないとは思うんやけど、どうにもあの南野っちゅう専務が気になるんですわ」

と頭を掻《か》いた。

「気になる、って言ってもなあ」

金岡課長が困ったように唸《うな》る横で、

「警視、浮気でっか？」

「ごろちゃんに言いつけないとあきまへんなあ」

と竹中《たけなか》と山田《やまだ》が、わざとらしい関西弁で茶々を入れる。

「……お前らなあ」

どっと室内が笑いで沸く中、高梨がオーバーに彼らを睨《にら》んだとき、不意に彼のシャツのポケットに入れた携帯が着信に震えた。

「ちょっと失礼」

高梨はそう言いながら二つ折りの携帯を開き、かけてきたのが静岡県警の反町《そりまち》課長と知って、

「ちょっとすみません」

と金岡課長に頭を下げると、

「もしもし？」

と電話に出た。

『あ、もしもし？　反町です。今、よろしいですか？』

電話の向こうの声がやけに興奮しているように聞こえる。高梨の胸に緊張が走った。観察力や洞察力に優れている彼の『刑事の勘』の当たる確率は、他の追随を許さないほどに実は

高い。が、今回は持ち前のその『観察力』や『洞察力』を使ったというよりは、単に『思いつき』に過ぎなかっただけに、その結果の可否についていつも以上に気持ちが昂揚《こうよう》するのを、さすがの高梨も抑えることができなかった。

「何か出ましたか？」

自然とせかすような口調になってしまったことに気づき、苦笑した高梨に、電話の向こうで反町も、自分の興奮ぶりが恥ずかしくなったのか苦笑し返したが、再び興奮を抑えられない口調で、

『実は、警視に言われて調べた専務の南野の経歴、驚くべき事実が判明したんですよ』

と意味深な言葉を告げた。

「驚くべき事実？」

おうむがえしにした高梨に、反町は、そうなんです、と一呼吸置いたあと、

『南野の旧姓は矢島《やじま》というんですが、なんと彼も岐阜《ぎふ》出身、あの殺された本宮とは、高校の同級生だったという事実が判明したんです』

と言ったものだから、今度は高梨が興奮のあまり、

「なんですって？」

と大声を上げてしまった。金岡課長をはじめ、室内の刑事たちがいっせいに高梨に注目する。高梨はそんな彼らに対し、待ってくれ、と手で制するような素振りをすると、

「そのことを、南野本人はなんと言ってるんです?」

と受話器を握り直し尋ね返した。

『これからです。どうです? 高梨さん、こちらにいらっしゃいませんか?』

「え?」

思いもかけない反町の誘いに、高梨は一瞬言葉を失った。反町は、その沈黙をどうとったのか、

『いえね、南野に目を向けさせたのは高梨さんじゃないですか』

と照れたように笑ったあと、真剣な口調で言葉を続けた。

『お帰りになったばかりでお忙しいとは思いますが、是非ともご一緒していただけたら、と私共は思っています』

高梨の胸になんともいえない思いが広がってゆく。

「……ありがとうございます。早速そちらへとんぼ返りしますわ」

『それなら明朝……これからいらっしゃるんじゃあ、聞き込みのできる時間にはお着きになれないでしょう。明日、お待ちしておりますので』

反町はそう言うと、詳しい話はまたそのときに、と言って電話を切った。

「どうした? 高梨?」

待ちかねたように金岡課長が高梨の腕に手をかける。

「……また先走りになるかもしれんのやけど」

と高梨はにやり、と笑って自分に注目している刑事たちを見渡した。

「本宮殺害の現場となった伊東の温泉旅館『南風荘』、ここの専務である南野浩一と本宮が同い年であることは先ほど述べましたが、今、静岡県警の反町課長からの電話で、この二人、実は同郷、それも高校の同級生、ということが判明したそうです」

「なんだって？」

大声を出したのは金岡課長だけはなかった。

「……さすが、高梨のヤマ勘……外れ知らずだな」

納刑事がそう笑い、

「ほんと……どんぴしゃ、でしたね」

竹中も傍らで感心したように頷いている。

「ま、こんなこともあるっちゅうことで」

高梨は照れたようにまた頭を掻いてみせたあと、瞬時にして表情を引き締め、

「とはいえ、単なる偶然かもしれません。が、本宮が伊東に向かったのに南野が関与している可能性は著しく高い、と思われます。南野の身辺は静岡県警が洗っているところですが、東京での、本宮と南野の接点、これを総力を挙げて聞き込んでほしい。南野が上京した形跡がないか、その際、本宮と接触がなかったか——南野本人からの事情聴取には、県警の好意

で明日、私も同席させてもらうことになってます。何かわかり次第連絡入れますので、その線も洗っていきましょう」

と凜《りん》としたよく響く声で告げ、皆が頷くのに再び頷き返すと、

「それでは、解散」

と宣言した。

ガタガタと椅子を鳴らして刑事たちが立ち上がり、口々に、

「凄《すご》いなあ」

「さすがは高梨さんだ」

などと言いながら部屋を出てゆく中、

「本当にお前、単なる勘だったのか？」

と金岡課長が笑って高梨の背をどついてきた。

「……ま、掠《かす》めてくれてよかったですわ。すべてはこれからですからね」

と高梨は課長に笑い返すと、

「というわけで、明日朝いちで伊東に行って参ります」

と口頭で出張申請し、頭を下げた。

「ご苦労。ま、今日はゆっくり休め」

頷いた課長は高梨の背を再びどつき、

「『第一発見者』を労《いた》わってやるのも忘れるな？」

とにやりと笑った。

「……そりゃもう、誠心誠意、心を込めて慰めさせてもらいますわ」

途端に高梨がひどくやに下がった顔になる。

「どんな慰めなんだか」

と金岡課長が肩を竦めてみせると、室内に残っていた捜査一課の面々がどっと笑った。

「『温泉夢気分』も遠い話じゃないかもしれんな」

という金岡課長の言葉に、

「それを祈らずにはいられませんわ」

と高梨も頷き返す。

そう――田宮を事件の『第一発見者』という憂き目にあわせてしまったことの償いに、この事件が片付いたら温泉に連れて行ってやるのもいいかもしれない。そんな考えが頭に浮かび、自然とその頬《ほお》も緩んだが、まずは犯人検挙だとその緩みかけた頬を引き締め、

「それじゃ、今日はお先に失礼させていただきますわ」

と高梨は金岡課長はじめ皆に頭を下げ、帰途へと――田宮のアパートへと――ついたのだった。

翌朝、高梨は環七でタクシーをつかまえて東京駅に向かい、朝一番の『こだま』で熱海《あたみ》へ、そこで伊東線に乗り継いで伊東へと向かった。八時前には伊東駅に到着したが、駅には反町課長自ら迎えに来ていて、高梨をひどく恐縮させた。

「気にしないでください。お願いしたのはこちらなんですから」

反町はそう笑うと用意してきた車の後部シートに高梨を導き、自分も隣へと乗り込んできた。駅から『南風荘』は車で十分程である。到着までの間、反町は新たに知り得た情報を高梨へと伝えはじめた。

「南野の両親はすでに他界しており、五つ違いの姉が神戸《こうべ》に住んでるとのことですが、ほとんど没交渉だそうです。『南風荘』に婿入りしたのが五年前、神戸大学在学中に同級生だった若女将《わかおかみ》の奈津子《なつこ》と婚約、卒業と同時に婿入りし、事務方などやったあと去年専務に就任しました。学生時代の友人に話を聞きにやらせたんですが、どうにも地味な男だったらしく、あまり皆の印象に残ってないんですな。なんとか証言を集めましたが、それでも大学のときに、南野と本宮との間に交流があったかは不明、としか言えないようです」

「そうですか……」

高梨は相槌《あいづち》を打ちながら、ふと車窓を流れる外の風景へと目を向けた。関西の大学だったのは意外な気がした。伊東が関東圏ということと、あの若夫婦の口調に関西弁のかけらも感じられなかったからだろう。が、南野が岐阜出身となると、彼が関西の大学へと進学したのは地理的にも納得できる。しかしそれは同時に、高校を中退して新宿近辺でずっと暮らしていた本宮との間を結ぶ線からは遠のいたとも言えるな、と高梨は思いながら再び視線を話しはじめた反町へと戻した。

「しかし二人は似ているといえば似てますな。周囲の人間に人となりを聞いても、交流関係を聞いても『知らない』と言われることが多い。地味だった、というよりは多分二人して他人との関係のわずらわしさを極力避けていた、というか……上手《うま》く言えないんですけどねえ」

反町の言葉に、高梨が、そうですな、と相槌を打つ。

「今、岐阜の彼らの高校時代の同級生に聞き込みに行かせてます。この似たもの同士の二人が、特別仲がよかったという話でも出れば儲《もう》けモンなんですけどねえ」

反町は一人そう頷きながら、不意ににやりと笑うと、

「ま、過去はともかく、『現在』、南野と本宮の接点、もしかすると東京で見つかるかもしれませんん」

と、高梨を見た。

「なんですって？」

驚いて大きな声をあげた高梨に、反町は、

「いや、別にもったいぶったわけじゃないんですけど」

と言い訳のようなことを言ったあと、

「実は南野は最近、毎月定期的に上京しているらしいんですよ。ほら、前に捜査会議で、『南風荘』が東京の旅行会社と提携している、というような話が出たでしょう？　南風荘の渉外担当が専務の南野ということで、この半年あまり、月に三、四日、東京に定期的に出張しているとのことです」

と目を輝かせながら高梨にそう告げた。

「……ちょっと失礼」

高梨は内ポケットから携帯を取り出すと、すぐさま捜査一課へとダイヤルしはじめた。その様子を反町も興奮した面持ちで見つめている。

「……ああ、高梨です。南野なんですが、毎月定期的に上京していたとの情報を今、得ました。旅行会社回りだそうです。……ええ、……ええ、また宿についたら提携している旅行会社と、南野の上京の詳しいスケジュールを連絡しますんで……」

「前回の上京は、今月二十日から四日間だったそうです」

横から反町が手帳を見ながら教えてくれたのに、高梨は目礼すると、

「直近の上京は今月二十日から——二十三日だそうです」

と受話器に向かって告げたあと、

「……ちょうど……重なりますな」

と、反町を改めて見返した。

「ま、偶然かもしれませんが、東京での南野の足取り、調べさせてください」

「南野の写真、県警から、東京に送らせます」

再びそう小声で告げてくれた反町に、

「おおきに」

と高梨は頭を下げると、その旨を受話器の向こうの金岡課長に伝え、電話を切った。

「……まずはあの若女将から南野を引き離しましょう。旦那《だんな》を庇《かば》ってる、というわけではないでしょうが、何かとしゃしゃり出てきますからね」

反町がそう言い、そろそろ着くかな、と前方を見やる。つられたように車のフロントガラスを見やりながら、高梨は事件解決に向けての何らかの手掛かりを得る予感が、己の内に湧き上がる昂揚を感じていた。

6

「やはり、キャンセルが相次いでいるのは防ぎようがありませんね。秋の行楽シーズンですが、あんな事件があったあとでは……」

「そこをなんとかするのが、専務としてのあなたの役割じゃあないですか」

ヒステリックに口を挟んできた若女将を前に、

「……そうは言うけどお前……」

今まで議事を進めてきた南野浩一は、おどおどと眼差《まなざ》しを伏せた。

専務室で早朝より開かれていた『営業会議』は、間もなく出立しはじめる客のために終了時間を迎えようとしている。あの殺人事件のあとどのようにして営業立て直しを図るかという議題で本日幹部を早朝集めたのだったが、ケーススタディとしてでも考えたことすらない『殺人事件』の対処法など、誰からも出るものではなかった。

「……食中毒すら、ウチは起こしたことないからねえ」

急に老け込んでしまったような女将が溜息《ためいき》をつく中、

「やはりここはあなた、旅行会社に頼るしかないんじゃないかしら」

若女将が南野をキッと見据えた。

「旅行会社？」

専務が仕切るはずの会議が、いつものように若女将に仕切られていくそのやりとりを従業員たちは無言で見守っている。

「そうよ。価格は下げるから、団体客をウチに回してもらうよう旅行会社に営業をかけましょうよ。この半年、無駄に東京出張していたわけじゃないでしょ？　こういうときこそ、無理をきいてくれる旅行会社のひとつくらい、あなただって開拓してるんでしょ？」

「……もともと旅行会社にはウチは『お願いする』というスタンスだから……」

弱々しく口を挟む南野を、

「そんなことでどうするのよ。『お願いする』だけなら誰だってできるわ。あなたが、貴重な時間を割いて、わざわざ月に一度東京に行って、旅行会社に『お願いする』、そのことに意味があるんじゃなかったの？　こういう事件があったときに切られるようなお付き合いしかできてなかったってことなの？　そうじゃないでしょう？」

ものすごい剣幕で夫を非難し続ける若女将に、口を挟める者は誰もいなかった。ますます項垂《うなだ》れる南野に、更に若女将が追い討ちをかけようとしたそのとき、

「失礼します」

ドアがノックされ、ひょいと仲居頭が顔を出した。

「なに？」

勢いあまって凄い形相で睨んできた若女将に一瞬言葉を失いながらも、年輩の仲居頭は、

「お客様がお立ちです。お見送りを」

と頭を下げ、そそくさと部屋のドアを閉めた。

「……仕方がないわ。今日はこれで解散にしましょう。何かいいアイデアがないか一日考えて、また明日の同じ時間に集まることにしましょう」

若女将は議事進行役までとってかわると、

「それじゃ、それぞれの配置に戻ってください」

と周囲を見回し、母親である女将を促し一番に部屋を出て行った。

「失礼します」

他の従業員たちも遠慮気味に頭を下げながら、若女将のあとについて部屋を出て行く。

「お疲れ様でした」

南野も立ち上がりそんな彼らの背中に声をかけたが、振り返って会釈を返すものは一人もいなかった。

無人になった専務室の中で、南野浩一は大きく溜息をつくと、どっかと今まで座っていた来客用のソファに腰を下ろした。あの殺人事件以降、妻である若女将の機嫌は最悪で、何かというと南野に当たり散らしていたのだが、今朝はまた格別だったな、と内ポケットから取

り出した煙草を咥《くわ》え、南野は再び溜息をついた。決して生活の場では吸うことを許されていない煙草に火をつけ、深く煙を吸い込みながら南野はぼんやりと露天風呂で浮いていた彼の——本宮の姿を思い出していた。

殺すつもりはなかった——と言えば嘘になる。殺すために、南野は本宮をこの南風荘まで呼び寄せたのだから。

南野が本宮と十年ぶりに再会したのは、半年ほど前、新宿歌舞伎町《かぶきちょう》のドン・キホーテの前だった。

「矢島《やじま》？」

不意に旧姓を呼ばれ、南野が驚いて振り返ったそこには、黒いスーツに茶髪という、いかにも夜の商売系のなりをした男が立っていた。褐色《かっしょく》に焼けた肌がやたらと不健康に見えるその顔に十年前の面影を見出すことは余りにも容易《たやす》く、

「本宮！」

と南野は彼の腕を取り、意外な再会を互いに喜び合ったのだった。

「お茶でもしよう」

と誘われ、結局その日は朝まで飲んでしまった。南野は本宮が今、ホストをしているがもう歳も歳なので苦労している、という話を聞き、自分は自分で、旅館の婿養子に入ったはいいが、能なし呼ばわりされた挙句に、せめて東京に営業にでも行って来い、と送り出された、という愚痴を聞いてもらった。

「それにしてもまたお前と会えるなんてなあ」

本宮が本当に懐かしそうに微笑《ほほえ》んでくる。

「……ほんとだよなあ」

南野もそう答えながら、彼と別れた日のことを思い出していた。

十七歳のとき、『東京へ行く』と言い出した本宮に引っ張られるようにして汽車に乗ってはみたものの、故郷が離れてゆくにつれ、とても家族や今の生活を捨てる勇気などないことに今更のように気づいた自分が『帰る』と泣いて、本宮を酷《ひど》く困らせたのだ。

本宮は『一緒に行こう』とずっと南野の手を握り締めていたが、いつまでも南野が泣きやまないでいると、ようやく諦めたように駅員に下りの電車の時間を尋ね、次の駅で自分を降ろしてくれたのだった。

『ごめんな』

泣いても泣いても、あの日、涙は尽きなかった。

『いいよ。もともと俺が無理やり誘っただけだし』

本宮はそう笑ってくれたが、今から思うと一人東京へ乗り込むのはどれだけ不安だっただろう、と南野は目の前の彼を見た。

「なんだよ」

笑う彼の顔には、当然ながらあの日の溌剌《はつらつ》とした若さはない。不規則な生活がそうさせるのか、肌や髪に艶《つや》がなく、明るい太陽の下ではきっと随分老け込んで見えるだろうその顔も、夜の店の明かりの下では、自分とは別世界の、年齢不詳の妖艶《ようえん》な生き物のように南野には見えた。

「いや……」

もしも——自分もあのとき、彼と一緒に出奔《しゅっぽん》していたとすると、また違った人生を歩んでいたのかもしれない。南野はそう思いながら白々と空が明るくなるまで彼と飲み交わし、再会を約束して別れたのだった。

翌月もその翌月も、旅行代理店への営業のために上京した南野は本宮と連絡を取り合い、また朝まで飲み明かした。本宮との会話の内容は毎回殆ど変わるものではなく、互いの愚痴にはじまり、高校時代の思い出話で盛り上がる、というものだったのだが、彼と話しているその行為だけで南野はなんだか自分が救われるような気がしていた。

頭を下げるのが苦痛でしかない旅行代理店回りのこの東京出張も、本宮に会えると思うだけで行くのが楽しみにさえなった。とはいえ、日常生活の中で、南野は本宮に連絡を取ろう、と考えることはなかった。東京にいる間の一日を彼と過ごす、彼との付き合いはそれだけに留《とど》めておきたかった。

彼の職業がそうさせるのか——決して蔑視《べっし》しているわけではないが、婿養子先の旅館の『専務』の肩書きを持つ自分が、ホストとかかわりがあるということを、世間に対して隠したかったのかもしれない。本宮にもそれがわかるのだろう、南野が伊東にいるときに、彼から連絡が入ることはなかった。南野はそのことにどこかでほっとしている自分に嫌悪の思いを抱《いだ》きはしたが、十年前決して自分の生活を捨てられなかったように、今もこの生活を捨てたくないと思っている自分自身を変えることはできなかった。

南野にとって、再会した本宮と過ごす時間は『憩い』であり『安らぎ』であり——失われた郷愁を思い起こさせてくれる、現実とは隔離された時間だった。

本宮にとって自分との時間はどういう意味をもつのだろう——時折南野はそれを考えることがあったが、人の気持ちを推し量ることの馬鹿馬鹿しさはこの十年で嫌になるくらいに学ばされていたので、敢《あ》えて考えるのをやめていた。

そう——決して自分の気持ちなど、他人にわかるはずはないのだ。同時に他人の気持ちもいくら言葉で説明されたとしても、それを共有できるものではない、ということも、南野はこの十年で学んでいた。

両親が亡くなったあと、早くに嫁いだ姉は少しも頼りにならなかった。奨学金でなんとか大学に通っているときに、伊東の旅館の一人娘という奈津子に出会い、付き合うようになった。あの当時の自分に打算がなかった、と断言することは今となってはできない。が、打算だけではなかったと南野は思いたかった。

結婚が失敗だった、とは思いたくなかったが、成功だったかと言われると首を傾げざるを得なかった。奈津子の気持ちはわからない。満足しているのかいないのか、それを聞く勇気もなければ、聞きたいとも思わなかった。

もともと南野は他人に対して興味が薄い男だった。他人だけではない、自分に対しての興味も著しく薄かった。生きていかれればそれでいい、そんな投げやりなところがある自分と同じ影を、十七歳の自分は本宮の中に見ていたのかもしれない。本宮も他人に対しても、そして自分に対しても、投げやりな素振りを見せている男だった。

そんな本宮が『東京に行きたい』と言い出したとき、南野は無気力な彼のその意外な言動に驚き、それでついつい、共に汽車に乗ってしまったのかもしれなかった。再会した本宮は、昔のような、他人に対して興味の薄い男に戻っていた。本宮の瞳が輝いたのは、十年前、『東京に行きたい』と自分の手を握り締めた、あのときだけだったかもしれない、と、南野はぼんやりとそんなことを考えたりしたが、果たして自分の目が、今までの人生のなかで輝いたことがあったか、と聞かれたら「ない」と答えてしまうだろうな、と自嘲《じちょう》に顔を歪《ゆが》ませた。

そして今から三カ月前に——本宮が風邪で、どうにも自分のマンションを出ることができない、と月一回の会合を断ってきた、あの日を境に南野の生活は一変した。

あのとき、自分は本当にどうかしていたのだと思う。南野は当時を振り返るたびにそう頭を抱えた。旅行代理店に無理難題をふっかけられた挙句、馬鹿にされたとしか思えない態度をとられてむしゃくしゃしていた南野は、一人ショットバーで数杯ひっかけて、ホテルへと帰ろうとしていた。途中声をかけてきた、夜の繁華街にはそぐわないほどの品のいい美女に誘われるがままに、ほんの一杯のつもりで入ってしまった小さなバーが、南野の運命を変えた。

ビールの小瓶一本が、頼みもしないのにテーブルにやってきたかと思うと、美女が南野の横に身体《からだ》をぴたりと密着させるようにして座った。次の瞬間、店の奥からひと目でその筋とわかる柄の悪い男たちが数名飛び出して来て、唖然《あぜん》としている南野を罵《のの》りはじめたのだった。

典型的な美人局《つつもたせ》だ、とわかったところで状況は好転するものではなかった。ビール一本十万、それだけでなくその暴力団員めいた男が、自分の女に手を出したことを理由に、慰謝料として五十万、と言ってきたときには、南野は「払えない」と頭を下げることしかできなか

った。男たちは南野の財布を取り上げ、ありったけの金を奪ったあと、彼の名刺入れを見つけ、

「なんだ、旅館の専務さんなら、まだまだ払えるんじゃないの？」

と彼を取り囲んだ。旅館にだけは連絡してくれるな、と泣きを入れた南野を、その場にいたチンピラたちが小突き回した。やがて連絡を受けて現れた彼らより格が上に見える暴力団員が南野の前にやってきて、驚くべき『商談』を持ちかけてきた。

飲食代金は支払わなくてもいいし、旅館にも内緒にしておいてやる、そのかわりに——と、彼が持ち出してきた条件は、旅館の下働きで雇い入れている、外国人女性たちの『横流し』だった。

温泉旅館の従業員は、ほぼ二十四時間態勢であるため寮が完備されているのだが、その『住み込み』を狙って、外国人女性が求人広告に申し込んでくることが多いのである。南野は従業員やパートを雇い入れる責任者だったが、今までは『不法滞在』と思われる外国人女性はおしなべて断ってきた。が、その『不法滞在』の女性を、暴力団へと横流ししてほしい、と男は言ってきたのである。

「できません」

最初震えて断った南野だったが、断り切れるものではなかった。横流しされた女性がどのような目にあうのかわかっていたはずなのに、南野は彼らに言われる手順通りに不法滞在の

外国人女性を一旦雇い入れては、その日のうちに東京から乗りつけてきた車《バン》が嫌がる彼女を無理やり連れ去るのを、見送るようになっていた。

翌月も、その翌月も、南野は上京したが、本宮に連絡をとることはなかった。本宮の顔を見たら、きっと自分のやっていることを話してしまう——彼が警察に喋《しゃべ》る、と考えているわけではなく、自分がそんなことに手を染めていることを、本宮に気づかれるのが嫌だった。

最後に会ったときにも、本宮とは朝まで飲み明かしたのだったが、そのときもやはり近況の愚痴からはじまり、話は十年前、南野と駅で別れたときの思い出話へと進んでいった。

「お前が俺の手を握り締めて『頑張ってな』って言いながら、えんえん泣いたんだったよな」

からかうような口調だったが、本宮の目は潤んでいた。

「えんえんなんて泣いてないよ」

そう笑って答えながらも、南野の脳裏には、まるで昨日の出来事のように、あの日の映像が甦《よみがえ》っていた。あのとき——なぜ自分はあんなにも泣いてしまったのだろう。帰りたい、と言ったのは自分であるのに、すべてを捨てきれなかったのは、自分であるのに。

「じゃあ、オンオン？」

あはは、と笑いながら、本宮がそっと涙を拭《ぬぐ》ったことに南野は気づいた。自分の目頭も先ほどからずっと熱いままだ。なぜに今、思い出すだけなのに涙が込み上げてきてしまうのだ

ろう。南野はそんな自分を持て余しながら、

「オンオンなんて泣く奴はいないよ」

と、無理やり明るい声を上げた。

「ほんと……なんだかあのときは哀《かな》しかったんだよなあ」

しみじみ、といったふうに、本宮はふと真面目な表情になると、

「え？」

と彼を見返した南野に向かって、

「お前と別れるのが……あのとき俺は本当に哀しかったんだ」

と言ったあと、

「……なんてな」

と照れたように笑った。

そうか——南野は、そのときはじめて、自分がなぜあんなにも泣いたのか、その理由を知り得たと思った。

自分も哀しかったのだ。本宮と別れることが。どうしてもしがらみを捨てられず、故郷に戻ることを決めて尚《なお》、彼と別れるのが辛《つら》くて堪《たま》らなかったのだ、と。

「……僕もだよ」

自然とその言葉が南野の唇から漏れていた。本宮はそれを聞くと、

「馬鹿」

と手を伸ばしてきて南野の髪をくしゃ、と撫《な》でた。

昔――十年以上前、よく彼はこうして、自分の髪を撫でてくれたのだった。そんな思いが去来する南野の瞳には再び理由のわからぬ涙が盛り上がってきた。

「……馬鹿で結構」

それを隠すように無理やり笑った南野を、本宮は微笑みながら見つめていた。

そう――十年前、駅のホームで別れるときに向けてくれたのと、全く同じ笑顔で――。

別れ際、本宮は、多分酔っ払っていたのだろう、

「また会おう」

南野がそう手を振るのに、

「約束の証《あかし》だ」

と、自分のしていた時計を南野に差し出した。そのときの出張に、南野はうっかり腕時計を忘れてしまっていたのだったが、それを覚えていたらしい。

「いいよ」

見るからに高級品の、そんなものを借りるわけにはいかないと固辞する南野に、

「いいからいいから」

と半ば無理やり本宮はそれを押し付け、

「それじゃ、また来月」

と酔った足取りで大通りに消えていったのだった。

「再会」を約束した時計を、その日からずっと南野はポケットの中に入れていた。人目につくので身に着けることはできなかったが、なんとなく傍には置いておきたかったのだ。

時計を握り締めると、僅《わず》かに勇気をもらえるような気がしていた。その勇気は、暴力団に外国人女性を引き渡すときに、随分南野を助けてくれたのだった。

そうして罪を重ねてゆくにつれ、南野はますます本宮に会えなくなっていった。本宮は自分が連絡を途絶えさせたことをどう思っているだろう——携帯の番号は互いに教えてはあったが、あれから三カ月が過ぎた今も、彼の方からかかってくることはなかった。

本宮にとって、自分と過ごしていたあの時間は一体なんだったのだろう、と再び南野がぼんやりとそんなことを考えはじめていたとき、例月の東京出張中に南野は再び暴力団から呼び出しをくらったのだった。

彼らの依頼は、もっと女の数を増やせ、というものだった。無理だ、と最初は断ったが、やはりまた押し切られることになった。

「そうだ、せっかくだからお前が流した女を抱いていけ」

そう言って無理やりラブホテルのキイを渡され、南野は追い立てられるようにしてホテルへと向かわされた。

待っていた女には見覚えがあったが、女の方は、覚醒剤の中毒が進んでいるのか、南野が誰だかもわからないようだった。女に頼まれるがままにその腕に注射針をつきたて——次の瞬間、物凄い形相で苦しみ始めた女の姿を、南野は言葉もなく見つめることしかできなかった。ガタガタと震えながらも、やがて目の前で泡を吹いて倒れたその外国人女性が絶命したとわかったとき、一体どうしたらいいのか、南野は途方に暮れてしまったのだった。

途方に暮れた、というような生半可なものではなかった。どうしよう——無意識に探ったポケットの中で、彼の指に触れたのは、本宮から借りていたあの腕時計だった。その瞬間、南野は何も考えられず、本宮の携帯に電話をかけてしまっていた。

『もしもし？』

着信で南野とわかったのだろう、三カ月前と全く変わらぬ明るい本宮の声を聞いた途端、

「助けてくれっ」

と南野は叫んでしまっていた。同時に南野の両目からは涙が溢《あふ》れ出し、彼の足は立っていられないくらいにガクガクと震えはじめた。

『どうした？』

問われるがままに、南野は自分の目の前に女の死体があることと、今自分がどこにいるかを告げていた。

「待ってろ」

落ち着け、と何度も彼を励ます言葉をかけてくれたあとに、本宮の電話は切れた。南野は泣きじゃくりながらも携帯をポケットに戻し——再び触れた本宮の腕時計を取り出しながら、ぼんやりと目の前の死体を眺めた。

本宮は——本当に一人で来るだろうか。

場所まで告げてしまったが、警察が来る、ということは考えられないだろうか。そう思った途端、南野は持っていたハンカチであたりにつけたと思われる自分の指紋を拭いはじめた。なるべく死体を見ないようにしながら部屋中の指紋を拭《ふ》き取り、最後に本宮の腕時計を拭ったあと、なぜだかそれを遺体の傍へと落として——まるで本宮を嵌《は》めようとでもしているかのような自分の所作に我に返り、慌てて時計を再び拾い上げると、南野はそのままホテルの部屋を飛び出してしまったのだった。

自分の泊まっているホテルの部屋に駆け込んだ瞬間、南野はへなへなとその場に座り込んでしまった。今までのことは夢か——夢などではないことは、自分が一番よく理解しているにもかかわらず、南野は震える身体を抱き締めながらいつまでもその場から立ち上がれずにいた。

携帯の電源はずっと切ってあったはずだった。もう本宮はホテルについただろうか。そう思いながら南野はポケットから携帯を取り出そうとし——服中のポケットを探ってもそれを見つけることができないことに愕然《がくぜん》としてしまった。

どこで落としてしまったというのだろう——心当たりは一箇所しか思いつかなかった。ポケットを弄《まさぐ》り、ハンカチを出して周囲のものを拭い——きっとあのとき、落としてしまったに違いない。

どうしよう——。

再びガタガタと震えはじめた身体を抱き締めている南野には、それを拾いに行く勇気はもはや残されてはいなかった。南野はとるものもとりあえずその夜のうちに伊東へと逃げ戻ったのだった。

次第に落ち着いてきた南野が一番に恐れたのが警察の追及だったが、翌日になっても南野の周囲に捜査の手は及んではこなかった。

次に彼が恐れたのは、暴力団の——たしか翠風会といった——報復であったのだが、不思議なことに彼らからも何の連絡も脅しも仕掛けられることはなかった。まる一日を過ごしてようやく、南野は本宮と連絡をとることを考えた。彼のことが気になりはじめたからである。

彼はきっとホテルに来てくれたのだろう。その場にいるはずの自分がいないことに驚いて電話をかけてきたに違いない。彼に電話をかけようとしたまさにそのとき、ついていたテレビのニュースで、事件が報道されるのを南野は見た。

現場から逃走したホストを全国に指名手配している、と本宮の名前と写真が画面いっぱいに映し出されたとき、思わず南野は持っていた受話器を取り落としてしまった。

本宮が指名手配——思いもかけない方向に事件は進んでしまっていた。警察が彼を捕らえたとき、彼は自分が犯人ではないという証明のために何もかもを話すに違いない。

どうしよう——。

迷っている時間はなかった。逃走中という彼をなんとかしなければ身の破滅だ。

南野は震える手で手帳に控えておいた本宮の携帯の番号をダイヤルした。本宮がどこにいるのかを探るために。警察の捜査の手から彼を救うために。

救う——？

二度のコールのあと、すぐ電話に出た本宮は、

『どうした？　無事か？』

と逆に南野に問いかけてきた。う、と南野は返答に詰まってしまった。無事か、と聞くのは自分の方だというのに、犯人と間違われ、逃走中であるにもかかわらず、本宮は自分の身を案じてくれているというのだろうか。

南野は殺害現場から逃げてしまったことを、まず本宮に詫《わ》びた。怖くなってしまったのだ、と言うと、本宮は、

『当然だろ。びっくりしたからなあ』

とこんなときなのに明るく笑っていた。一体彼はどういうつもりなのだろう、と南野が受話器を握りながら密《ひそ》かに首を傾げたそのとき、

『そうだ……お前、すごい証拠を落としていたぞ』

と受話器の向こうから屈託のない声でそう言ってきた本宮の声に、南野は心臓を鷲《わし》づかみにされたような衝撃を受けた。

「え……？」

掠れた声で問い返すと、本宮は、

『携帯電話だよ。大丈夫、ちゃんと俺が拾っておいたから』

とやはり屈託ない声でそう笑った。

彼は一体どういうつもりなのだろう。証拠は自分が握っている、と言いたいのか、それとも——。

『もしもし?』

南野の沈黙に、不審そうに問いかけてきた本宮に、南野は自分の旅館で身を隠すように、と告げていた。

『いいのか?』

自分の犯した殺人の身代わりとして指名手配されている彼が、なぜそんな遠慮をしているのだろう。南野は激しく混乱しながらも、声だけは冷静に旅館の場所と、『清水』という名前でチェックインするようにと本宮に告げた。同時に、チェックインは明日の夕方、団体客が多いときを狙ってくるように、という注意も与えた。

『わかった。それじゃ、また明日』

本宮は電話を切るまで、一度も事件のことについて触れなかった。お前がやったのか、とも、自分が犯人にされている、とも——一言も、南野を責める言葉を語ることはなかった。

そして——。

コンコン、とドアをノックされた音に、南野は我に返った。

「はい？」

随分長い間、ぼんやりしてしまっていたらしい。

「専務、あの……」

顔を覗《のぞ》かせたのは、フロント係の菅野《かんの》だった。小柄な彼女の後ろから、

「ちょっとよろしいですかな」

と現れた男二人の姿を見て、南野の顔に緊張が走った。

「静岡県警の反町です。申し訳ありませんけど、ちょっとお話伺えませんかね」

慇懃《いんぎん》な言葉とは裏腹の強引な態度で、先に部屋に入っていた刑事の後ろから、東京の刑事だという長身の男が南野に向かって軽く会釈をしてきた。

「話……？」

反射的にその刑事に会釈を返しながら問い返した南野に、反町刑事は、

「ええ。本宮秀紀《ひでき》さんのことで」

と、射るような視線を向けてきたのだった。

7

高梨が反町課長と共に南野と対峙《たいじ》している頃より少し早い時間、東京では田宮が会社で富《とみ》岡《おか》と睨み合っていた。

高梨を送り出すためにいつもより早い時間に起床した田宮は、昨夜仕事を残して帰宅してしまったこともあり、定時より一時間半も前に出社したのだったが、無人と思われたオフィスには既に富岡が出社しており、自席でパソコンに向かっていたのだった。

「おはようございます」

昨夜のことを思い出し、一瞬足を止めてしまった田宮に見下したような微笑を浮かべながら、富岡がそう声をかけてくるのに、

「おはよう」

とだけ答えると、田宮も自分の席につき、パソコンを立ち上げた。

「早いですね」

富岡が自分の方を振り返った気配を感じたが、田宮は敢えて無視してなかなか進まないパソコンの画面を見つめ続けた。

「無視しなくてもいいじゃないですか」

不意に田宮の背後で声がし、驚いて振り返ろうとした田宮を後ろから富岡が羽交い絞めにするように手を伸ばしてきた。

「……おい、いい加減に」

その手を振り払いながら、やはりここはきっちり話をつけなければ、と椅子から立ち上がって振り向いた田宮に、

「つれないなあ。ごろちゃんは」

富岡は少しも怯《ひる》む様子を見せず、にやりと笑うと今度は彼を正面から抱き寄せようとしてきた。

「やめろよ」

あとずさろうにも自分の机が邪魔をする。伸ばされた手を避《よ》けた拍子にバランスを崩した田宮の身体を、

「危ない」

などと言いながら富岡が笑って自分の方へと抱き寄せた。

「……朝から酔っ払ってんのか？」

胸に両手をついて思い切り押し退《の》けようとする田宮と、そうはさせまいとますます強い力で抱き締めようとする富岡の無言の抗争が暫《しばら》く続いたが、

「ほんとにいい加減にしろよな」

力では敵《かな》わないと察した田宮が冷静な声を出しながらそう富岡を睨み上げると、富岡は一瞬その顔を無言で見下ろしたあと、おもむろに田宮の唇に向かって自分の唇を落としてきた。

「なっ……」

一体富岡は何を思ってこんな所業に出るのだろう。疑問が田宮の顔を掠めたが、それを追及する余裕はなかった。

「やめろっ」

叫びながら富岡の胸を力一杯押し退けようとする、その両手首を富岡は摑むと高く挙げさせ、怯んだ田宮の身体を彼が背にした机の上に押し倒した。田宮の背中でパソコンのキーボードが押され、ピーッという機械音がオフィスに響き渡る。

「離せっ」

机上のシャーペンや電卓が、ガシャガシャと音を立てて床へと落ちるのにも構わず、富岡は田宮の身体に伸《の》し掛かってくると、唇で彼の唇を塞《ふさ》いだ。

「……っ」

生温かい感触が田宮の唇を、その周辺を覆い、蠢《うごめ》いてゆく。田宮の背筋に悪寒が走った。既に目を開けていることに耐えられず、ぎゅっと瞼《まぶた》を閉ざしたまま必死に富岡の手を逃れようとしても、体重で押さえ込まれてしまって身動きをとることさえできない。

富岡の唇は飽きることを知らないように田宮の唇を塞ぎ続けている。どうしてこんな目にあわなければいけないのだ、と田宮はその気色の悪い感触に耐えながら、渾身《こんしん》の力を振り絞り両手の自由を得ようとまた暴れはじめた。

『僕、男とはまだヤったこと、ないんですよねぇ』

昨夜の富岡のふざけた物言いが田宮の脳裏に甦る。

そんな馬鹿馬鹿しい動機で、こんな屈辱を味わわなければならない覚えはなかった。どんなに暴れても自由にならないことに対する苛立《いらだ》ちと、腕力では敵わないことを見せつけられたことに対する悔しい思いと——それらすべての感情が相まってしまったのだろう。田宮の目尻を一筋の涙が伝った。

堪《たま》らなく悔しかった。あまりに理不尽な富岡の行為が腹立たしくて仕方がなかった。腕力で勝れば何をしてもいいというのか。人をここまで貶《おとし》める権利を富岡ごときが有しているとでもいうのか。

いく筋もの涙が、田宮の頬を伝いはじめたそのとき、身体の上の富岡の動きが一瞬止まった。

「……やだな。泣いてるの？」

戸惑ったような富岡の声に、田宮は反射的に目を開いた。

「泣いてない」

そう答えた声が既に涙に掠れてしまっていることに、再び唇を噛《か》んだ田宮の顔を見下ろし、富岡はくすりと笑った。

「泣いてるじゃない」

「……泣いてなんかない」

言葉を発するたびに、田宮の目からはぽろぽろと涙が零《こぼ》れ落ちた。泣くまいと思えば思うほど止まらなくなってしまった涙を持て余している田宮に、富岡は再び苦笑しながら、

「泣いてるじゃない」

と、その唇で彼の頬を流れる涙を吸った。

「やめろ……っ」

「……しょっぱい」

くす、と笑いながらそう言うと、不意に富岡は捉《とら》えていた田宮の両腕を離し、身体を起こした。

「…………」

急に視界が開けたと同時に圧迫されていた身体が軽くなり、田宮は瞬時戸惑ったような視線を富岡に向けた。が、すぐに我に返ると勢いよく身体を起こし、手の甲で流れる涙を拭って、目の前の富岡を睨みつけたのだった。

「……そんな顔、しないでくださいよ」

少しも悪いことをしたと思っていないような顔で笑った富岡に、田宮の怒りが爆発した。

「ふざけるなよなっ」

叫んでしまうと、あとは自分でも歯止めがきかなくなった。

「一体なんなんだよ。お前が俺のことを気に入らないと思ってるのは随分前から気づいてたけど、昨夜といい今といい、なんだってこんなことまでされなきゃいけないんだよ？　俺がお前に何かしたか？　お前にこんなことされるような何を、いつ俺がしたっていうんだよ？」

「……刑事と……抱き合ってたじゃないですか」

ぼそり、と富岡が零した言葉に、田宮の怒りは更に燃え上がった。

「お前には関係ないだろ？」

「……まあ、ないですけどね」

富岡は再び苦笑するように笑うと、ふいと田宮から目を逸《そ》らせた。

「そりゃ公共の場で、考えが足りなかったとは思う。でも、たとえ人に見られたとしても、俺たちは――俺は、別にやましいとは思わない！」

再び田宮の目には涙が溢れてきてしまった。それは目の前で『何を言ってるんだか』とでも言いたげに笑った富岡の顔を見て再び悔しさが込み上げてきたためであり、誰より守りたいと思っていた高梨の社会的体面を守りきれなかった自分への悔しさのためでもあった。富岡の表情がぴくりと動いたが、彼が口を開くことはなかった。田宮は手の甲でまた涙を拭うと、そんな富岡を厳しい眼差しで見据え、叫んだ。

「お前がどう思おうと勝手だけど、俺も、良平《りょうへい》も全然俺たちの関係を恥じちゃいないし、お前のように『男とヤったことない』から、なんて理由で抱き合ってるわけじゃない！　それに……っ」

「じゃあなんで……抱き合ってたんですか？」

興奮して言うつもりもなかったことまで叫んでいた田宮の言葉を、富岡は静かな声で遮った。田宮は一瞬うっ、と言葉に詰まったが、半ば自棄《やけ》になっていたこともあり、思わず大きな声で彼に向かって叫んでいた。

「そんなの、愛し合ってるからに決まってるじゃないか！」

言った傍から、田宮の頭にはかあっと血が昇ってきてしまった。なんだって自分はこんなところで——神聖な職場で、富岡相手にこんな恥ずかしい言葉を叫んでいるというのだろう。さすがの富岡も毒気を抜かれたように、しばし呆然《ぼうぜん》と田宮の顔を見つめていたが、やがてくすくすと肩を震わせ笑いはじめた。

「なにが可笑《おか》しい？」

充分自分が『可笑しい』ことを自覚しつつも、田宮は恥ずかしさを紛らわすために富岡を怒鳴りつけてしまった。

「……いや……」

富岡はまだくすくすと笑っていたが、やがて、はあ、と大きく溜息をつくと、

「……かないませんねえ」

と、今まで見せたことのない——敢えて言うなら、『切ない』とでもいうような表情をその顔に浮かべ田宮を見つめた。

「……？」

何が一体『かなわない』と言うのだろう、と田宮も富岡の顔を見返し、彼が口を開くのを待った。そうして二人して、しばし見詰め合ってしまったのだが、先に目を逸らせたのは富岡の方だった。

「……あのね、田宮さん」

名を呼びながらも富岡は田宮の顔を見ていなかった。

「なんだよ」

田宮は眉《まゆ》を顰《ひそ》め、そんな富岡の姿を目で追った。

「……誤解です……まあ、誤解されるようなことをしてきたのは僕なんで、仕方ないといえば仕方ないんですけどね」

富岡はここでようやく田宮の方へと視線を戻し、苦笑しながら肩を竦めてみせた。

「……？」

一体何が誤解だと言うのだろう。軽く首を傾げた田宮の姿に、富岡は、

「参ったな」

と頭を掻いてまた視線を逸らせた。

「……何が『参った』んだよ」

なかなか言いたいことを言い出さない富岡の様子に、さすがの田宮も焦《じ》れてきた。思わず声を荒立てた田宮に、富岡は視線を戻すと思いもかけないことを言い出した。

「……あのね……僕だって別に『男を抱いたことがないから』って理由だけで、こんなことしたわけじゃないんですよ」

「……え？」

「ふざけたわけじゃないんです。僕は……」

富岡は一瞬言葉を選ぶように口を閉ざしたが、やがて、

「好きなんです」

と真摯《しんし》な眼差しを正面から田宮に向けてきた。

「……へ？」

田宮の目が大きく見開かれる。自分は今、何を聞いたのだろう、と啞然とする彼へと富岡は一歩近づくとその両肩を摑《つか》んだ。びく、と田宮の身体が震えたのは、先ほど机に押し倒され、唇を奪われたときのことを思い出してしまったからだろう。

「……すみません」

慌てたように富岡は田宮の肩から手を退けたが、彼から視線は外さず、

「好きなんです」

と再び同じ言葉を告げたのだった。

「……えええ？？」

田宮は軽いパニックに陥りつつあった。まさか富岡の口から、『好き』などという言葉を聞くことになろうとは思いもよらなかったためである。いつものように、嫌がらせ半分、からかい半分、と思うには、富岡の眼差しは真剣すぎた。眼差しだけでなく、その口調にも真剣さを滲《にじ》ませながら、富岡は静かに語りはじめた。

「……いつの頃からか、田宮さんのことが気になって仕方がなくなってきたんです。はじめそれを僕は、大型案件を纏めたあなたへのジェラシーだと思い込んでました。今は閑職にいるのに、本当にそんなすごい商権をあなたが獲得したのかと……」

よく考えると失礼なことを言われているはずなのに、何がなんだかわからない状態に陥ってしまっているためか、田宮は口を開けたまま富岡が喋り続けるのを見つめていた。

「自分のしていることが、小学生が好きな女の子をいじめるのと同じだ、と気づいたときにはさすがに動揺しました。男を好きになったことなんか、正直今までありませんでしたしね……」

「俺だってなかったよ」

別に対抗したわけでもないのだが、田宮が思わずそう口を挟むと、富岡は途端にむっとした顔になった。

「……それじゃ、あの刑事が最初なんですね」

「最初？」

何の最初なんだ、と眉を顰めた田宮に富岡は、

「最初のオトコ」

と口を尖《とが》らせてみせた。

「……馬鹿じゃないか」

「馬鹿じゃないです」

子供の喧嘩のようなやりとりに、思わず田宮と富岡は顔を見合わせ、互いに大きく溜息をついてしまった。早朝から職場でする会話じゃない。勿論《もちろん》『愛の告白』以上にそぐわない会話はないのだろうが。と、富岡は気を取り直したように、

「この間の部内旅行で、あなたとあの刑事が抱き合ってるのを見たとき、自分でも驚くくらいにショックを受けたことが、また僕にとってはショックでした。前日の夜に見た、あなたの身体中に散ってたキスマーク、あれをつけたのがあの男か、そう思っただけで、なんだか我慢ができなくなってしまって……」

「よせよ」

田宮が彼の言葉を遮ったのは、抱擁どころかキスマークまで見られていた事実を今更リマインドさせられたことが恥ずかしかったからなのだが、富岡はそうはとらなかったようで、

「……すみません」

といきなり深く彼の前に頭を垂れた。

「え？」

思いもかけない彼のリアクションに、田宮は戸惑った眼差しを向ける。

「力ずくでキスしたことは謝ります……でも……」

富岡はここで顔を上げると、力強い口調で、

「後悔はしてません」

と田宮に笑いかけてきたものだから、さすがに呆れ果てた田宮は彼を睨み返した。

「しなさい」

「いやです」

「しろ」

「……だって好きなんですもの」

正面切って再び『好き』と言われ、田宮はまたも、うっと言葉に詰まった。

「……『愛し合ってる』まで言われちゃ、さすがに勝ち目はありませんけどね」

そんな田宮に向かって、富岡は皮肉な口調でそう肩を竦めてみせたのだったが、いつものような切れが感じられなかったと思うのは——田宮の気のせいだったかもしれない。

そのときエレベーターホールから、チン、とエレベーターが彼らのいるフロアに到着した音が響いてきた。思わず互いに顔を見合わせてしまったあと、二人して入り口の方を振り返ると、

「なんだ、お前ら……えらい早いじゃないか」

と、富岡と同じ課の宮元《みやもと》がそう言いながら入ってきた。

「おはようございます」

時計を見ると既に始業の一時間前になっている。続々と皆が出社してくる時間帯に入りつつあることに気づいた田宮は、まるで白昼夢の——今は早朝だが——ような出来事に、一人溜息をつきながら、自分の机の周りに散乱している文房具を拾いにかかった。

「ああ、手伝います」

富岡は田宮の傍らへと膝《ひざ》をついて座ると、彼の耳元に口を寄せ、

「……でも僕……諦めませんから」

と言ったかと思うと、チュ、と音をたて、田宮の耳に唇を押し当てた。

「やめろよ」

思わず怒鳴りつけてしまった田宮に、

「どうした？　なんかあったか？」

と、少し離れたデスクから宮元が声をかけてくる。

「いえ……」

なんでもありません、と答えながら田宮は、さっさと立ち上がり自席へと戻っていった富岡を睨み上げた。その視線に気づいたのか、富岡は半身だけ振り返ると、田宮に向かってこっそりとウインクを投げかけてきた。

「……っ」

再び『やめろ』と怒鳴りつけそうになったのを、必死で自分の胸の内へと押し込めると、田宮は、今日何度目かの深い溜息をついて立ち上がり、少しも仕上げることができなかったパワーポイントの画面を見て、更に大きく溜息をついたのだった。

その頃——。

「お話ってなんでしょう？」

白皙《はくせき》の頬が引き攣《ひ》《つ》れて見える南野専務を、高梨は反町の後ろから見つめていた。

「南野さん、どうして黙ってらっしゃったんです？　一昨日《おととい》殺された本宮は高校の同級生だったそうじゃありませんか」

反町の物腰は柔らかかったが眼光は鋭く南野を射貫《いぬ》いていた。おどおどとした眼差しを伏せた彼の頰がみるみるうちに朱に染まってゆく。

そういえば田宮は、何を悩んでいたというのだろう――。

不意に高梨の頭に今朝別れ際に見た田宮の微笑んだ顔が浮かんだ。顔立ちは似ていないが、男にしては色白の頰が田宮を連想させたのだろう。こんなときに一体自分は何を考えているのだ、と心の中で苦笑しながら、高梨は目の前で項垂《うなだ》れる南野へと意識を戻した。

「……本当に忘れていたんです。……彼とは随分会ってないし、しばらくたってから、もしかしたら、とは思ったんですが、死体は顔が変わってしまってるのか、本人かどうかよくわからなかったし……」

ぼそぼそとそう答えはじめた南野に、反町刑事は、そうですか、と笑顔で頷きながらも、

「それじゃ、本宮は別にあなたを頼ってここを訪れたわけじゃないんですね？　予約する際、本宮は本名を名乗らず、『清水』と名乗ったんですね？」

とたたみかけるように問いを続けた。

「はい」

言葉少なく頷いている南野の頰が痙攣《けいれん》している。何かあるな、と思ったのは高梨だけではないようで、反町は更に厳しい口調で、

「チェックインしてからも接触はされなかったんですか？　本当に全く、彼が高校の同級生の本宮と気づかなかったんですか？」

と、ずい、と南野の方へと歩み寄りそう言って彼をねめつけた。

「……はい」

南野は再び短く答えたきり、俯《うつむ》いたまま動かなくなってしまった。

「本宮に、あなたがこの旅館の専務であるということを教えた記憶は？」

「ありません」

「本当に本宮とは、最近は少しも交流がなかったと言うんですね？」

「はい」

反町の声はますます高く、南野の声はますますか細くなってゆく。南野が嘘をついているのは一目瞭然《いちもくりょうぜん》だが、それが『嘘』である確証を掴まぬ限りこれ以上の追及は無意味に思え、高梨は、

「……またあとでお話伺うっちゅうことにしませんか」

と後ろから反町に声をかけた。

「……そうですな」

反町も同じ考えだったらしく、溜息をつき頷くと、

「それじゃ、また参りますわ」

と南野をじろりと睨みつけた。

「……はあ」

伏せたままの南野の顔に僅《わず》かにほっとしたような表情が浮かんだが、彼がそれ以上口を開くことはなかった。

「それじゃ」

反町の後に続いて高梨は部屋を出かけたが、ドアのところであることを思いついて振り返った。

「南野さん」

声をかけると、顔を伏せたままだった南野がびくりと身体を震わせ、その顔を上げた。

「はい？」

「岐阜では……高校のときは、本宮さんとは仲、よろしかったんですか？」

「……え？」

予測できない問いかけだったのだろう、南野はぽかんとした顔で高梨を見返していたが、やがて我に返ったのか、

「いえ……それほど仲がよかったというわけでは……」

と再び顔を伏せ、消え入りそうな声でそう答えた。

「そうですか」

高梨はそんな南野ににっこりと微笑みかけると、

「どうでしょうねえ？」

と小首を傾げるようにして南野に再び声をかけた。

「……は？」

南野はますます戸惑ったような顔で高梨をちらと見上げる。

「高校時代の本宮さん……殺人事件に巻き込まれるような感じでしたか？」

「……わかりません」

南野はまたも顔を伏せたが、高梨がいつまでも自分を見ているのにいたたまれなくなったのか、やはり消え入りそうな小さな声で、

「そんな……人を殺《あや》めるとか、そんな大それたことをしでかしそうな男には見えませんでしたが……何分《なにぶん》彼とは十年以上会っていないので……」

とぼそぼそと続けた。それを聞きながら高梨は一瞬その眉を高く上げたが、

「そうですか」

と言っただけですぐまた笑顔になると、ありがとうございました、と南野に向かって軽く頭を下げ、反町のあとに続いて部屋を出たのだった。

「……どう思われます？」

廊下を歩きながら、反町が高梨を見上げた。

「……決めつけるのは性急すぎますが」

高梨はそう言いながらも、

「クロ……ですかね」

と反町の顔を見返した。

「私もそう思います」

反町は深く頷いたが、不意ににやりと笑った。

「それにしても……上手いですね」

「はは……」

高梨は照れ臭そうに笑って頭を掻いた。

「本宮が巻き込まれた『殺人事件』といえば、まず最初に彼自身が殺害されたことを思い浮かべるでしょうに、南野は東京での売春婦殺害の——本宮が犯人とされている方を思い浮かべた。殺された本宮が売春婦殺害の容疑者だという報道はまだ抑えてますし、南野をはじめ宿の従業員たちへの聞き込みの際も事件については触れていない。本宮を指名手配したニュースは全国に流れたが、それを見ているとしたのなら、本宮とは随分会ってなかったから

『忘れていた』とは言えないはずですしね」

「……よりショッキングだったはずの、自分の旅館での彼の殺害よりも、東京の事件とのかかわりを思い浮かべたっちゅうのは……無意識のうちに本宮を殺害した自分の犯行を隠蔽《いんぺい》する気持ちが働いた……」

反町の言葉を継いで高梨はそう言いながら、

「……ま、先走りですわな」

と苦笑した。

「東京で彼らが接触していないか、聞き込みの結果を待ちましょう。伊東までの本宮の足取りも追わせてます。なぜ南野が自分のテリトリーで本宮殺害を実行せざるを得なかったのか、何より彼を犯人と断定してよいのか、まずは周辺から確実に潰《つぶ》していきましょう」

高梨が反町に向かって話している最中、反町の携帯が鳴った。

「ちょっと失礼……もしもし？　なに？　なんだって？」

応対に出た反町の顔がみるみる紅潮してゆく。傍らで高梨もその身に緊張感を滾《みなぎ》らせながら、反町の声を聞いていた。

「よし、わかった。すぐ回収するように」

電話を切るのももどかしそうな様子で反町は高梨の腕を摑むと、

「今、伊東駅前のコンビニから連絡がありまして、本宮と思われる男がこの南風荘の南野宛に出そうとした宅配便を保管しているそうです」

と興奮した口調のままにそう叫んだ。

「なんですって？」

「受け付けたバイトの学生が、南風荘で殺人事件があったというニュースを今朝テレビで見て、殺された男の写真とよく似た男がその南風荘宛の宅配便を頼んだことを思い出したらしいんですな。本来だったら昨日、集荷にきた業者に渡すはずだったんですが、店長との連絡が悪くまだ店にそれが残っていたそうです。今、至急回収に向かわせてます」

「……やりましたね」

高梨の声にも興奮が滲んでいる。二人顔を見合わせ、深く頷きあったあと、

「それにしても本宮は何をわざわざ宅配便で送ろうとしたんでしょうね？」

反町がようやく興奮もさめてきたのか高梨にそう問いかけた。

「……ほんまやね」

高梨も頷き、歩いてきた廊下を振り返る。

「……宅配便の回収後、南野を署に呼びましょう」

つられたように振り返りながら反町が言うのに再び大きく頷いた高梨の脳裏に、南野のおどおどとした眼差しとその白皙の頬が浮かび、消えていった。

8

刑事たちが部屋を出て行ったあと、南野は再び崩れ落ちるようにして来客用のソファへと身体を沈めた。

本宮と自分が高校の同級であることはいつか知れるだろうとは思っていたが、昨日の今日でそれを言い当てられるとまでは思っていなかった。警察の捜査を甘くみていたかもしれない、と南野は両手に顔を埋《うず》め、大きく溜息をついた。

証拠は何も残していない。気がかりなのはただ一つ——殺害現場に落としてきた、自分の携帯電話がまだ手元に届かないことだった。本宮は駅前のコンビニで宅配便に出したといっていたから遅くても今日には届くはずなのだが、と思いながら南野はそれを告げられたときのことをぼんやりと思い起こしていた。

土曜日の深夜、本宮の部屋を訪れたのを誰にも見られていない自信はあった。

「本宮？」

ノックをしながら小さな声で呼びかけると、しばらくして、かちゃ、と細く扉が開かれた。

黒い髪に小さなフレームの眼鏡《めがね》をかけた本宮は、手配書の写真とはまるで別人に見えたが、身についた『夜』の雰囲気はどんなに服装を変えても簡単には払拭《ふっしょく》できないようで、

「やあ」

と微笑んできたその顔もその仕草も、いつもの本宮のものだった。

「大丈夫だったか？」

部屋へと身体を滑り込ませると、南野は彼に問いかけた。

「……多分」

誰にも気づかれなかったと思う、と本宮は心持ち眉を顰めそう答えた。

沈黙が二人の上に圧《お》し掛かる。

南野は探るような眼差しを本宮へと向けた。なぜ、本宮は自分に何も尋ねようとはしないのだろう。彼の沈黙が南野を逆に追い詰めているといってもよかった。カチカチと時計の秒針の音だけが室内に響き渡っている。

時計——そういえば、と南野はポケットを探ると、本宮から借りたままになっていた腕時計を取り出した。そうしながら南野は、いまだに彼の時計を始終身に着け続けていたということに自分でも驚いていた。無意識にいつも握り締めていたそれを南野は無言のまま本宮の

前へと差し出した。

「ああ、忘れてた」

本宮は笑ってそれを受け取り、自分の腕にはめた。

「長いこと……ありがとう」

沈黙が破れたことにほっとしつつ、南野は今更の礼を彼に述べた。

「そういえばお前と会うのもほんと、久しぶりだよなあ」

本宮の様子は、以前東京で会ったときと少しも変わらなかった。まるで何事もなかったかのように本宮は屈託のない笑顔を南野に向けると、

「それにしても、立派な旅館でびっくりしたよ」

と満更世辞ではない調子で言ってきた。

「いや、古いし汚いし……料理もそんなに美味《うま》くないんだ」

決して謙遜《けんそん》したわけではない。この旅館に嫌悪の念さえ抱いている南野が普段思っていることだったのだが、本宮にはそれが通じなかったらしい。

「いいところじゃないか。風呂がまたいいそうだな。仲居が言ってたよ」

と笑顔のままでそう続けた。

「入ったのか？」

「いや……さすがに人目が気になってな」

何の気なしに問いかけた自分に、南野は思わず舌打ちしそうになってしまった。いつもと変わらぬ本宮に調子を合わせているうちに、今の状況を忘れかけてしまっていた自身が信じられなくもある。

そう——彼に偽名を使わせてここまで呼び寄せたのはそれなりの目的があったからじゃないか、と南野は密かに気を引き締め直した。まずは証拠の品となる自分の携帯電話を彼から取り上げなくては、とちらと本宮の方へと目線をやったそのとき、

「そうそう、お前の携帯な」

まるで南野の心を読んだかのように、本宮がそう言いだしたものだから、南野は思わず、

「え？」

と小さく声を上げてしまった。本宮はそんな彼の動揺には気づかぬように、

「駅についてからチェックインするまで時間があったもんでな、万が一、ここで警察にでも引っ張られたときお前の携帯を俺が持っていちゃマズイだろう、と思って、駅前のコンビニからお前宛に宅配便で送ったんだ。差出人欄には適当な名前を書いておいたから安心してくれ」

明日か明後日《あさって》には着くだろう、と南野に向かって微笑んだ。

「そうか……」

携帯の話をどう切り出せばいいのか、果たして無事に彼の手からそれを取り戻すことがで

きるのか、それが最大の心配事だっただけに、何の策も弄《ろう》せず手に入るとわかり、逆に南野は脱力さえしてしまっていた。

携帯が手に入るとなると、自分がしなければならないことは、あとひとつ――。

「どうした？　俺の顔に何かついてるか？」

本宮にそう尋ねられ、南野は我に返ると、

「いや……」

と笑いで誤魔化しながら彼から目を逸らせた。

本宮はこれから一体どうするつもりなのだろう。それを尋ねようとしたはずなのに、南野はまるで違う言葉を口にしてしまっていた。

「ウチはほんと、風呂だけが取り得だからさ」

昨夜、何度も何度も練習した台詞《せりふ》だった。できるだけ自然に聞こえるよう、注意に注意を重ねて考えた文章だった。

「明日の朝、入ってみてくれよ。いつもは六時に開けるんだけど、人目が気になるなら、明日は本宮のために五時半に鍵を開けておくよ。その時間には誰も入ってこないからゆっくりできるし」

「いいのか？」

何も知らない本宮はますます笑顔になって南野を見た。

「勿論」

練習した通りに、すべての台詞を言うことができたことが——しかも笑顔を絶やすことなく言えたことが、今更のように南野を酷い緊張状態に引き戻していった。指先が震えているのを気づかれたくなくて、南野は両手を身体の前でしっかりと組み直すと、

「明日また——相談しよう」

と無理やりつくった笑顔を本宮へと向けた。

「ああ」

本宮は何も気づかぬように頷くと、

「明日五時半起きなら早寝しないとな」

と敷かれた布団を見て笑った。その言葉を機に南野は立ち上がった。

「それじゃ、また明日」

「ああ、また明日。おやすみ」

「おやすみ」

部屋を出ようとする南野の足は震えていた。自分がこれから何をしようとしているのか、それを考えるだけで、全身が震えるのを南野は抑えることができなかった。

「矢島」

ドアを閉めようとしたとき、不意に旧姓を呼ばれ、南野はびくりと身体を震わせ本宮の方

を振り返った。

「……なに？」

問いかける声が掠れているのを、本宮が不自然に思わなければいいが——密かに唇を噛みかけた南野を真っ直《ま》ぐ《す》に見つめながら本宮は、

「あのさ……頼みがあるんだけどさ」

と照れたような笑みをその顔に浮かべ、そう話しかけてきた。

「なに？」

再び灼《や》けつくような緊張感が南野の全身を走った。一体彼は何を頼もうというのだろう——。考え得る『最悪の事態』を頭に思い浮かべながら、震える声で尋ね返した南野が聞いた本宮の『依頼』は、彼が考えてもいないことだった。

「あのさ、お前に送った宅配便に手紙を同封したんだけどさ……」

本宮はここでまた、くすりと照れくさそうに笑った。あわせて南野も引き攣ったような微笑を顔に浮かべ、彼の言葉の続きを待った。

「……なんか今思い返すと、あまりにもこっぱずかしい内容なんでな、荷物がついても頼むから、中の手紙は読まないで捨ててもらえないか？」

「……え？」

そんなことか——再び極度の脱力感が南野を襲った。

「頼むな」

それじゃおやすみ、と本宮は微笑むと、敷いてあった布団へと潜り込んでいった。

「……おやすみ」

布団から顔を出し自分に手を振ってくれた彼に南野も手を振り、彼の部屋をあとにした。

そしてその翌朝――計画通り、南野は無人の露天風呂で、背中を向けていた本宮の頭を岩で殴りつけたのだった。

客室内の犯行では、犯人は旅館の宿泊客や、何よりマスターキイを自由に使える従業員に限られてしまう。露天風呂なら外部の者の犯行という可能性も出てくるだろう。上手くすれば翠風会が自分たちの抱える売春婦を殺されたことに対する報復のために、ここまで犯人を追ってきて殺した、ということになるかもしれない。

自分の旅館内で彼の口を封じることは、南野にとっては勿論リスキーではあった、が、自分を犯人と知っている彼を野放しにすることの危険の方を南野は恐れたのだった。

証拠は何も残していないはずだった。返り血を浴びた身体は風呂で洗い流したし、彼の持っていたバッグは密かに回収して倉庫に隠してあった。ほとぼりが冷めたら捨てようと思っていたのだったが、まさか本宮が財布だけを金庫に入れていたとは考えなかった。それであっという間に身元が割れてしまったことだけが誤算といえば誤算であったが、だからといって、そのことが即自分に疑いの目を向けられる原因になるとは思えなかった。

そう——自分は無関係なのだ。誰が何を言ってきたとしても、知らぬ存ぜぬで通せばいいことだった。自分の生活を、この日常を守るためなら、どんな嘘だってついてみせる。


この日常、か——。


守るべき日常など、自分に存在するのだろうか。

不意にその考えが南野の頭に浮かんだ。同時に性格のきつい妻や、嫌味ばかりを並べ立てる義母、態度の大きな従業員や旅行代理店の担当者の顔が次々に南野の頭に浮かんできたが、その影を南野は目を閉じ、頭を振って必死で振り落とそうと試みた。

『お前と別れるのが……あのとき俺は本当に哀しかったんだ』

本宮の潤んだ瞳が、その声が、南野の脳裏に甦る。

僕も哀しかったよ、と口の中で呟きながら、南野は、殺される瞬間に本宮は何を思ったのだろう、と考え——何も考える間もなく死んでいったのだろう、と一人苦笑した。

と、そのとき、

「失礼します」

ノックもなく戸が開かれたと思うと、先ほど帰ったはずの二人の刑事が肩で息をしながら部屋へと駆け込んできた。

「……なっ？」

思わず立ち上がってしまったまま言葉を失っている南野の方へ反町と名乗った刑事が近づいてくると、

「ちょっと署までご同行いただけますかな？」

と有無を言わせぬ口調でそう言い彼の腕を摑んだ。

取調室に連れ込まれてから、ようやく南野は「令状はあるのか」「任意なら断る」と抵抗する道があったことを思い出したが、既に後の祭りであった。昼間だと言うのに薄暗い『取調室』で反町は、

「ご足労いただき申し訳ありませんでしたな」

とわざとらしく笑いながら話しかけてきたが、その目が少しも笑っていないことが南野の足を竦ませていた。部屋には東京から来たという刑事もいた。一体これから何を調べられるというのだろう――東京の事件か、それとも本宮を殺したことか――どちらにしろ、こんなにも早いタイミングで捜査の手が伸びてくることなど想像もしていなかった南野は必死になって身体の震えを抑える以外、何をすることもできないでいた。

「これ……南野さんのモンですよね？」

カタンと音をたてて机の上に置かれたのは、間違いなく自分の携帯電話だった。ビニール袋に入っているそれを手にとるべきか、知らないとつっぱねるべきか――つっぱねたところで、すぐに自分のものと知れるだろう。本宮が宅配便で送ったと言ったのは、やはり嘘だったのだろうか、と思いながら、南野は一言の言葉を発することもできず、じっとその携帯電話を見つめていた。

「これ、どこにあったと思います？」

反町が顔を覗き込んできたが、南野は黙秘し続けた。反町は、駅前のコンビニからこの宅

配便を押収したいきさつを述べると、

「この電話から本宮の指紋が検出されましてね……なぜ、十年も会ってないはずの彼の指紋があなたの携帯に付着していたのか、お話伺えませんかねえ？」

と言いながら、ずい、と携帯電話を南野の目の前に突きつけてきた。

やはり宅配便には出していたのか――なぜかその事実に安堵《あんど》する自分の心理がわからなかった。一体どうすればいいのだろう。携帯はどこかで落とした。なぜ本宮の指紋がついていたかなど、自分にはわからない――我ながら苦しい言い逃れだとは思う。本宮と最近も交流があったことは喋っても大丈夫だろうか。そうだ、殺人を犯した本宮が困って連絡を入れてきたので匿ってやった、と言うか。それなのにいきなり彼が殺されてしまったので恐ろしくなって何も言えなくなったと――それが一番、話としては自然ではないか、と南野が思い、口を開きかけたとき、

「……なんで殺したりしはったんですか」

後ろに控えていたはずの東京の刑事――確か高梨という、驚くほどに容姿の整った大柄の刑事が、しみじみした口調でそう声をかけてきた。

「……え？」

少しも責めるふうではないその物言いに、南野は思わず顔を上げ高梨の方を見やった。

「高梨さん」

反町も驚いたような顔で高梨の方を振り返っている。

「……私は誰も……」

殺してなどいません、と言いかけた南野の傍らまで高梨は歩いて来ると、

「……本宮さんは、ええ友達やったんやないんですか？」

と、半分に折った紙片を南野の前に差し出した。

「……え？」

南野はその紙片と、高梨の顔をかわるがわるに見やったが、高梨が笑顔で、さあというように紙片をまた差し出してきたので、仕方なくそれを手にとった。

「宅配便の中に入っとったんですわ」

言いながら、また、さあ、と高梨は二つ折りのそれを開くように南野に目で促した。


『読まないで捨ててもらえないか？』


その瞬間、照れたように笑った本宮の顔が南野の脳裏に浮かんだ。紙片を持つ手が震えはじめ、やがてそれを鷲づかみにしそうになるのを、

「あかんよ」

と、高梨は取り上げると、おもむろにその紙を開き、静かな声で読みはじめた。

「『十年前に別れたお前と、また再会できる日がくるとは思っていなかった。この十年、お前のことを忘れた日はなかったというわけではないが、再会してからは月一回、お前と会うことだけを楽しみに毎日生活していた。お前と過ごす時間があまりにも充実しているために、こんなことなら十年前に、無理やりにでもお前を東京に引っ張ってくればよかった、なんて自分勝手なことを考えたりもしたが、今、お前が伊東で幸せを掴んでいる姿を見ると、やはりあのとき、帰して正解だったと思っている。俺は結局、この先もだらだらとつまらない人生を送っていくだろう。旅館の専務という役職は、気を遣うことも多くて大変だろうが、お前の生き生きとした顔を見ていると、大変ながらも充実しているのではないかと思う。

だから矢島、お前はこのまま、まっとうな今の生活を大事にしろ。お前が何をしたにせよ、全部俺がひっかぶってやる。

お前と頻繁《ひんぱん》に会えなくなるのだけが心残りだが、どこにいても俺はお前の幸せを祈っている。

本宮』」

「嘘だ！」

南野はそう叫んで立ち上がり、高梨の手から紙片を奪い取った。

「南野！」

反町が恫喝《どうかつ》するのを、

「ええから」

と高梨は制すると、

「嘘やないよ」

と南野の肩に手を置いた。南野は取り上げた紙片を食い入るように見つめた。鉛筆の走り書きのその文字は、今、高梨が読んだ通りの内容だった。

『読まないで捨ててもらえないか』

あのとき彼は——一体何を思ってそんなことを言ったのか。

「嘘だ……」

南野の両目から溢れ出した涙が、ぽたぽたと手にした紙片に落ちていった。翳《かす》む視界に、乱雑な鉛筆書きの文字が歪んでゆく。

『どこにいてもお前の幸せだけを祈っている』

「嘘だ……」

「嘘やない」

高梨の手が南野の背中へと回り、まるで子供をあやすようにトントンと優しく叩いてくれ

る、その感触に堪らず南野は持っていた紙片に顔を埋め、大声で泣き出してしまっていた。

きっと——本宮は気づいていたのだ。自分が彼を殺そうとしていることに。だからこそ、この手紙を読むなと告げたのだろう。

読めばきっとこんなにも自分が後悔に苛《さいな》まれ泣くことがわかっていただけに、本宮は読むなと——読まずに捨てろ、と言い置いたのに違いない。

「幸せなんかじゃなかった。こんな生活、守りたかったわけじゃなかった」

叫ぶようにそう言いながら、南野は顔を上げて高梨を見た。高梨は痛ましそうな顔をして、

「せやね」

と彼の背を優しく叩き続けてくれていた。

「僕が生き生きしてたのは、本宮と会ってるときだけだった。僕だって彼と会ってるときだけが楽しかった。東京なんか辛いことばっかりで……東京だけじゃない、ここだって……伊東だって、辛いことばっかりで……本宮と会ってる時間だけが、僕にとっても生き生きした、充実した時間だったんだ」

「……それならなんで、殺してしもうたの」

高梨の声は——あまりにも哀しげだった。南野は息を呑《の》んだような音をたてたあと、無言で高梨の顔を見つめていた。止め処《ど》なく流れる涙が南野のシャツを濡《ぬ》らしてゆく。

「……馬鹿だ……僕は……本当に馬鹿だ」

南野の端整な顔がくしゃくしゃと崩れ、彼はその場に崩れ落ちるようにして座り込むと、床に拳を叩きつけるようにして泣き叫んだ。

「……ごめんっ……ごめん、本宮……」

ダンダンといつまでも床を叩きつづける南野の傍らに高梨は片膝をたてて座り込むと、再び彼の背を叩きはじめた。

「高梨さん……」

反町が高梨の名を呟くと、

「気が済むまで……泣かしてあげましょ」

と高梨は反町を見上げ、そう微笑み返したのだった。

一時間後――落ち着きを取り戻した南野は、すべての犯行を自供した。

同時に高梨の携帯に新宿署の納刑事から、児島組との抗争でひっぱられた翠風会のチンピラから、開拓した売春ルートと南野が関係あるという証言がとれたと連絡が入った。殺された売春婦が、南野の旅館の求人に申し込んだことのウラも取れたとの話だった。

「お疲れやったね」

高梨は納の労をねぎらうと、南野が自供したことを伝えた。

「高梨さん」

電話を切った高梨の背中に、反町が声をかけてきた。

「……お疲れさまでした」

高梨が笑顔を向けると、

「本当に今回は……何から何まで、高梨さんのおかげですわ」

と反町は高梨の前で深々と頭を下げた。

「何をおっしゃいますやら。静岡県警の地道な聞き込みのおかげやないですか」

慌てて大きな声を上げた高梨に、反町は、

「本当に……あなたとこうしてご一緒できたこと、嬉しく思います」

と真剣な顔でそう告げ、再び深く頭を下げた。

「僕かてそう思ってます。ほんま、今回はいろいろとどうもありがとうございました」

高梨も真摯な眼差しを反町に向け、やはり深々と頭を下げる。

「……また、ご一緒させてください」

「こちらこそ」

二人がっちりと固く手を握り合い、目を見交わしたあと、

「またプライベートででも遊びに来てください。いい温泉旅館、紹介させてもらいます」

「お言葉に甘えまくりますわ」

と笑い合いながら近々の再会を約して、高梨は静岡県警をあとにしたのだった。

「ほんま……ええトコやねえ。さすがは反町さんのオススメやわ」

仲居が出て行った途端、高梨は田宮の傍にずりずりと近寄っていくと、彼を後ろから抱き締めた。

「よせよ」

怒ったような声を出しながらも、抱き寄せられるがままに田宮は身体を高梨の胸へと預け、落とされてきた高梨の唇を受け止めた。

今、彼らは伊東の駅近くの温泉宿にいるのである。自分の悪戯《いたずら》のせいで部内旅行時に温泉を満喫できなかった上に、死体を発見するという憂き目にあわせてしまった田宮を、懺悔《ざんげ》のつもりで高梨が一泊二日の温泉旅行に招待したのだった。

五時フレックスで金曜日の夜伊東入りし、明日朝いちで帰京する、という強行スケジュールではあったが、二人で旅行することなどなかっただけに、高梨のはしゃぎっぷりは凄《すさま》じかった。新幹線で人目も気にせずベタベタしようとするのを田宮は必死に諫《いさ》め続けたのだったが、そういう田宮も、自分が相当浮かれているという自覚はあった。

「……んっ」

執拗《しつよう》に口内を舐《ねぶ》られ、思わず声を漏らした田宮の身体を抱き直すと、高梨は彼のネクタイを緩めながらシャツのボタンをひとつひとつ外してゆく。

「や……っ」

これから食事が来ると仲居が言っていただろう、と服を脱がそうとする高梨を睨んだはずが、シャツのボタンの間からTシャツ越しに胸の突起を弄《いじ》られ、思わぬ声が漏れてしまった。そのことに田宮が動揺しているうちに、高梨はその手を彼の下肢へと伸ばしてゆくと、スラックスの上からぎゅっとそこを握り締めた。

「だからっ……」

やめろって、と言いかけた唇を高梨の唇が塞ぐ。掌《てのひら》で圧するように股間《こかん》を擦《こす》られているうちに、田宮の雄《おす》が形を成してきた。それを感じた高梨は唇を合わせたまま目だけで笑うと、田宮のスラックスのファスナーを下ろし、そこから取り出した彼自身を直《じか》に握り込んでくる。

「……やっ」

仰《の》け反《ぞ》る田宮の身体をしっかり抱き締めながら、高梨は執拗に指の腹で田宮の雄の先端を弄り続けた。先走りの液が滲《にじ》み出し、高梨の指の動きをスムーズにさせてゆく。そのまま勢いよく扱《しご》き上げられ、もう駄目、と田宮が高梨の胸に手をついて限界を知らせようとしたそのとき、

「失礼いたします」

の声と共に、がらりと戸が開かれる音がした。慌てて田宮が高梨を突き飛ばし、乱れたシャツの前を合わせて——本当なら下半身の方をケアしなければならなかったのだが、勃ちきったそれをしまい込む暇がなかったのだ——部屋の隅で蹲《うずくま》ったところに、仲居が両手に彼らの夕食を掲げて部屋の中へと入ってきた。

「お食事でございます」

二人の到着が七時を回ってしまったために大急ぎの支度となったのだろう。額に汗しながら料理をテーブルに並べてくれているらしい仲居は、高梨の男っぷりに普段の数倍と思われる喋りをみせていたが、田宮は自分自身を鎮めるのに精いっぱいで二人が何を話しているのか聞く余裕もなかった。

「それじゃ、どうぞごゆっくり」

仲居が頭を下げて出て行ったあと、はあ、と大きく溜息をつきながら田宮はようやく料理が用意されたテーブルを見やり、

「すご……」

と思わず歓声を上げていた。海の幸溢れる豪華な食卓の真ん中には巨大な船盛りまでが用意されている。

「反町課長のおかげやわ」

高梨が『お言葉に甘えまくり』この宿を紹介してもらった反町課長も、まさか高梨が事件の第一発見者である田宮と訪れているとは思うまい。というのも、この宿はいかにも男女の二人連れが好んで泊まる、ある特徴が有名な宿なのであった。プライベートで泊まるのにいい宿を教えてほしい、と言った高梨に、反町課長は、

『きっとご満足いただけると思いますわ』

と、その『特徴』を教えてくれながら、受話器の向こうで意味深な笑いを浮かべていたようだった。

「さ、食べよ」

と田宮にビールを勧めながら、高梨は、

「あ、でもあまり飲みすぎんようにな」

と、『意味深に』笑ってみせる。

「?」

首を傾げた田宮に高梨はなんともいえないいやらしい笑みをその顔に浮かべると、

「せっかく温泉に来たんやもん。……思う存分、楽しまな」

と、目で窓の方を示してみせた。

「思う存分って……?」

「さっきは途中になってしもたけどな」

「……そっちか」

呆れたように田宮が溜息をつくと、高梨は更ににやに下がりながら、

「なんてったって、この部屋、専用露天風呂つきやからねぇ」

そっちしかないやろ、と田宮に向かって片目を瞑《つぶ》ってみせた。

そう――静岡県警の反町課長が、カップルで訪れるのだろうと踏んで高梨に用意してくれたこの宿は、ひと部屋ごとに専用露天風呂がついているという仕様になっていたのだった。

「ほんま、反町さん、わかってはるわ」

「何がわかってるんだか」

ぼそ、と呟いた田宮に、高梨は、

「早くご飯食べて、一緒にお風呂、入ろうな」

なんの照れもなくそうにっこり微笑みかけたのだった。


「……んっ」

結局高梨の言葉通り、食事が終わって布団を敷いてもらったあと二人して外の露天風呂に入ることになった。愚図愚図と恥ずかしがってなかなか服を脱ごうとしない田宮のスーツを

高梨が剝《は》ぎ取ろうとしたあたりからひどく興奮してきてしまい、湯に浸《つ》かった途端、高梨は田宮を自分の脚を跨《また》いで座らせ、唇を塞いだ。

湯が温《ぬる》めなのは長時間浸かっていられるよう配慮された結果なのか、それとももともとこの温泉は湯の温度が低いのか——外気に晒《さら》されている肩や背に田宮は少し肌寒さを感じたが、唇を合わせているうちに次第に気にならなくなってきた。

身体をわずかに動かすたびにちゃぷちゃぷと湯が肌にあたり音を立てる。高梨は田宮の背をしっかりと支えながら、唇を下へと下ろしていった。田宮がその動きにあわせるように湯の中で両膝をつき、少しずつ身体を持ち上げてやると、高梨はちらと上目遣いに田宮を見上げ、にやりと笑ったあとにその胸の突起を軽く嚙んだ。

「……んんっ」

微《かす》かに漏れてしまった声が夜空に昇ってゆく。その声を追いかけるように顔を上げた田宮の目に、満天の星空が映った。

綺麗《きれい》だな、という思いを伝えたくて、田宮は高梨の頭の後ろに手を伸ばすと、その顔を上げさせようと髪を軽く引いた。

「……なに？」

気づいた高梨が田宮の胸の突起を口から離す。

「星が……」

綺麗だ、と空を見上げた田宮に倣って空を見上げた高梨は、

「ほんまやね」

と呟いたあと、

「でも……ごろちゃんの方が綺麗やわ」

と再びその胸に顔を埋めた。

「……馬鹿」

どこが『綺麗』なんだか、と苦笑しかけた田宮は、強く胸を吸われ再び、

「あっ……」

と身体を仰け反らせながら声を漏らした。

「……アオカンみたいやね」

ええ声やわ、と笑った高梨に、

「……あのねぇ……」

呆れた視線を向けようとした田宮は、また、

「……あっ」

と身体を捩《よじ》った。高梨の指が田宮の後ろをかき回しはじめたからである。

「……ほんま……ええ声やわ」

くす、と笑いながら高梨は田宮の身体を自分の方へと引き寄せ、既に勃ちきっていた彼自

身を捻《ね》じ込みはじめた。

「……ん……」

湯の浮力でどうしても身体が浮いてしまう。どこかもどかしいような感覚に田宮がそう微かに首を振ると、高梨は了解、とばかりに一旦そこから彼自身を引き抜き、

「外でしよか」

と田宮の腰を摑んでその場に立たせると、自分も湯の中で立ち上がった。

「……中で出すわけにはいかんしね」

田宮の身体を返させ、後ろから抱き込むようにしながら、彼の両手を風呂の縁につかせると、再び高梨は彼の後ろに彼の雄を挿入させていった。

「……んっ……」

田宮も腰を突き出すようにして、高梨の挿入を助ける。すべてを納めきると高梨は手を前へと回して田宮を握り、それを扱き上げながら激しく腰を使いはじめた。

「……はぁっ……んっ……」

堪《こら》えきれずに声を上げはじめた田宮の後ろで、高梨も唇の間から抑えたような低い息を漏らしはじめる。

「……っ」

その声に煽《あお》られるようにますます高く声を上げながら、まず田宮が高梨の手の中に精を吐

き出し、続いてそれを受けて収縮した後ろに刺激され、高梨が彼の中で達した。はあはあと まだ荒い息の下、高梨は片手で湯を掬《すく》い、田宮が手をついていた岩を軽く流したあと、後ろから自身を引き抜いて、田宮の身体を返させそこへとぺたんと座らせた。

「……やっぱり、湯はキレイにしとかんとね」

にや、と笑った高梨の公共心溢れる意図を察した田宮は、

「ごもっとも」

と息を整えながらも頷き、両手で湯を掬って自分の下肢へと浴びせかけた。

「……もいっかい、する？」

隣に並んで腰掛け、高梨が田宮の顔を覗き込む。

「……せっかく温泉に来たんやもん」

田宮は最近クセになってきたエセ関西弁でそう言うと、

「湯あたりするまでとは言わないけど、せめて一回はゆっくり浸かって帰ろうよ」

とにやりと高梨に笑い返した。

「そらそうやね」

意外に大人しく高梨は田宮の提案を受け入れると、ざばっと音をたてて湯の中にその見事な体軀《たいく》を沈めた。

「おいっ」

水飛沫《みずしぶき》が顔に直撃した田宮が非難の声を上げると、

「かんにーん」

と、それを狙っていたらしい高梨がふざけてそう両手を合わせた。

「やったな」

田宮も湯に入りながら、高梨の顔めがけてばしゃばしゃと両手を動かした。

「あかんっ、目に入るって」

高梨もお返し、とばかりに田宮に湯を浴びせかけていく。子供のようにばしゃばしゃとしばらく湯のかけ合いをしていた二人は、やがて疲れて、

「やめよう」

と互いに休戦を申し出ると、肩で息をしながら二人並んで湯に浸かることにした。

「……ほんま……綺麗な星空やねえ……」

降るような星空、というのはこういう空を言うのかもしれんね、と高梨は空を見上げる。

「……そうだね」

都会のようにネオンに邪魔されることがないからか、ひとつひとつの星がくっきりと見える。その美しさに田宮も言葉を忘れ、高梨の傍らで空を見上げ続けた。

「……ごろちゃん」

「なに？」

空を見上げたまま田宮が答えると、

「……もう……大丈夫？」

高梨も空を見上げたまま、田宮の肩を抱いてきた。

「…………」

田宮は空から視線を高梨へと戻し——捜査で大変なときだったというのに、様子のおかしかった自分を心配してくれていた、愛しい恋人の横顔をしばし見つめた。

『愛し合ってるからに決まってるじゃないか』

富岡のことを言おうかな、と田宮は一瞬考えたが、敢えて言うほどのことでもないか、と思い直した。

「……大丈夫」

そう——こうして互いのことを大切に思う気持ちが消えないかぎり、周囲で何が起ころうが二人の間には何も心配することなど起こり得ないだろう。

「……愛し合ってるから、か」

くす、と笑ってそう呟くと、田宮は高梨の胸に身体を寄せた。

「ごろちゃん？」

高梨が驚いたようにそんな田宮の顔を覗き込んでくる。田宮は微笑を返しながら、再び、

「……大丈夫」

と同じ言葉を繰り返し、力強く頷いてみせたのだった。

エピローグ

チェックインは、団体客の集中する夕方がいいと彼は言った。

伊東にはもう二時過ぎには着いてしまったので、これからどうやって夕方まで時間を潰そうかと思いつつ、俺はぶらぶらと駅前を歩いてみることにした。

パチンコでもやろうかな、と思いながら、マックがあったので入って珈琲《コーヒー》を飲んだ。喫茶店に長居をすると、ウエイトレスに顔を覚えられるかもしれないと、そのことを恐《おそ》れたためだ。

ここまで来て、捕まるわけにはいかなかった。今、俺は彼の携帯電話を持っている。彼があの事件にかかわりがあることだけは、警察に知られるわけにはいかなかった。

送ってしまおうか。

そう思いついたとき、我ながらいいアイデアだと思った。あと数時間とはいえ、この身に何が起こるかわからない。今のうちに彼に証拠となるこの電話を送ってしまえばいいんだ。

駅前に確かコンビニがあったな、と思いながら俺は立ち上がろうとして、ふと汽車の中で破り捨てた手帳のことを思い出した。

きっと今日が——彼と顔を合わせる最後になるのだろう。

このまま逃走し続ける限り、そう容易に彼に会える日が来るとは思えない。

手紙を書こうかな——突然思いついたあまりにセンチメンタルな行為に、俺はなんだか自分で笑ってしまった。

『十年前に別れたお前と、また再会できる日がくるとは思っていなかった……』

思うがままに書きなぐっていくうちに、なぜだか目の前が翳んできた。書いた文字がぐにゃりと歪んだ、と思った瞬間、ぽたりと水滴が紙片に落ちた。

自分が泣いているということに——ようやく俺は気づいた。

涙は面白いくらいにぽたぽたとテーブルに落ちた。店内があまり混《こ》んでいなくてよかった。女子高生でもいたら「なにあれ」と指差され、人目をひいてしまったに違いない。

自分がなぜ泣いているのか——俺にはわからなかった。

いや——もしかしたら、既にわかっているのかもしれなかった。

彼はなぜ、俺に電話をしてきたにもかかわらずホテルから逃げたのか。なぜ俺に今頃連絡をしてきたのか。なぜ自分の旅館へと俺を呼び寄せようとしているのか——。

導き出される答えはひとつなのかもしれない。それでも俺はこうしてやってきた。死ぬなら死ぬで構わない。自棄《やけ》になっているのではなかった。ただ、同じ死ぬのであれば——今生《こんじょう》の別れをしたい人間を、俺がただ一人しか思いつかなかった、それだけの話だ。

『頑張ってな』

不意に俺の脳裏に、十年前のあの駅のホームに立つ彼の姿が浮かんだ。ぼろぼろと涙を流し続けていた幼い彼の顔に、今の彼の顔が重なった。

『俺も——お前と別れるのが哀しかったんだよ』

潤んでいた彼の瞳の煌《きらめ》きが眩《まぶ》しかった。

そう——たとえ今、死んだとしても、俺に悔いはなかった。

ようやくおさまってきた涙を拭い、俺は彼への最後の手紙を書き続けた。

『どこにいてもお前の幸せだけを祈っている』


本当に俺はこの先、彼の幸せだけを祈り続けるだろう。

最後に彼が笑ってくれるといいな、と俺は思った。十年前に別れたときの彼は泣いていた。きっと今生の別れになるだろう、最後に見る彼の顔は笑っていてほしかった。彼を思い出すとき、泣き顔よりも笑っている顔を思い出してやりたかった。

書き上げた手紙を読み返しかけたが、なんだか照れくさいのでそのまま二つ折りにすると、俺は立ち上がって店を出た。

あと数時間で彼に会えるのだ——そう思っただけで、自分の心が弾むのがわかる。

別れるときは、俺も笑顔で手を振ろう。そう思いながら、俺は駅前の大通りを突っ切ると、目当てのコンビニを目指し足を速めた。

only you

「田宮《たみや》さん、まだ帰らないんですか？」

不意に後ろから声をかけられたと思った途端、ずしっと両肩が重くなった。またこいつか、と俺は溜息《ためいき》をつきながら、

「重いって」

と、後ろから俺に抱き付いてきた富岡《とみおか》を振り落とそうと、身体《からだ》を揺すった。

「久々、飲みにでも行きません？」

「行きません」

「つれないなあ。たまには付き合ってくれてもいいじゃないすか」

「重いって。離れろ」

「『行く』って言うまで離れません」

富岡はますます体重をかけてくると、いきなり俺に頬擦《ほおず》りまでしてきた。

「おいっ」

さすがに驚いて立ち上がった俺からようやく富岡は身体を離すと、

「行きましょ」

にっこりそう微笑《ほほえ》んできた。

「いい加減にしろよな」

俺は彼を睨《にら》みつけたあと、再び座ってパソコンに向かい直した。既に時計は二十一時を差している。一刻も早くこの提案書を仕上げて家に帰りたいと思っているところを、いつものように富岡に邪魔されてしまったのだった。

この生意気な後輩に、好きだと告白されたのはひと月ほど前になる。何かというと絡んでくるとは思っていたが、その動機が『好きだから』だとは全く考えたことがなかった俺は、驚きを通り越して唖然《あぜん》とさえしてしまったのだったが、その日以来、富岡は違った意味で俺に散々絡んでくるようになった。殆《ほとん》ど毎日のように「飲みに行きましょう」「食事に行きましょう」「ゴルフの打ちっぱなしに行きましょう」「映画に行きましょう」と直接は勿論《もちろん》、メールや携帯から誘ってくる。

「地の利を生かさないと」

と、わけのわからないことを言うので、どういう意味かと尋ねると、富岡はにやりと笑って、

「起きてる時間の八割を拘束されてる場所が僕たちは一緒でしょ？　それを生かさない手はありませんよ」

と、俺の肩を抱いてきた。よっぽど、

「寝てる時間の十割を良平《りょうへい》とは共有してるから」

と答えてやろうかと思ったが、勿論そんな言葉を口にできるわけもなく、以前とはまた違った意味で、富岡には実際、俺は辟易《へきえき》としてしまっていたのだった。

「さっきからずっと何やってるんです？」

富岡はまた俺の肩に両手を回し、べたっとくっついてきながらそう囁《ささや》いてきた。こうなったら無視するっきゃない、と思いながら、俺はキイを打ち続けたのだったが、

「ねえ、何やってるんですか？」

と、富岡がまた俺に頬擦りしてきたものだから、その気色悪さに耐えられず、

「やめろって」

とまた半身だけ返して彼を睨みつけた。

「何やってるんですか？」

富岡は全く動じる素振りを見せずに、俺の肩越しにパソコンを覗《のぞ》き込んでくる。

「……メリット計算」

こういう神経の太いところが、この歳《とし》にして——弱冠三年目だ。院卒なので年齢は俺とは二つしか変わらないが——大きな商権を獲得する要因だったのかもしれない。何度俺に断られても誘い続けるところとか、もっと根本的に『俺には他に好きな人がいる』と言っても『諦めません』とへこたれないところとか——へこたれられたらそれはそれで困るかもしれ

ないが——サラリーマンとしては理想的な打たれ強さなのかもしれないが、俺にとっては迷惑以外の何ものでもない。梃子《てこ》でも動かないふうの彼に、諦めて俺が今やってることを答えると、

「へえ……」

と富岡はパソコンの画面を眺めはじめた。

「で？　出るんですか？　メリット」

後ろから手を伸ばし勝手にマウスを操作しながら結果の欄を見はじめた富岡に席を譲り立ち上がった俺は、

「出ればこんなに苦労してないよ」

と思わず溜息をついてしまった。

「結構出てるじゃないですか」

富岡が俺を振り返って笑いかけてくる。

「う〜ん、熱源が電力に限られるなら結構いい数字が出るんだけど、ガスになると途端に悪くなるんだ。メリットが出るのが十年後なんて結果、さすがに持っていけないだろ？　そうなるとアプローチの方法を考え直さなきゃいけないんだけど、電力の結果を捨てるのは惜しいし……」

画面を見ながらそう答えた俺の横で、富岡がくすりと笑った。

「なんだよ？」

人が真剣に話しているのに、とちょっとムッとして俺が彼を見ると、

「田宮さん……可愛《かわい》い」

同じ画面を覗き込んでいたために、気づけばすぐ近いところに顔を寄せていた富岡が、そう笑ったあといきなり俺の頬にキスをした。

「やめろって」

慌てて身体を起こして俺は周囲を見回した。気色悪いのは勿論のこと、こんなところ人に見られたらどんな噂《うわさ》を立てられるかわからない。

「あはは、大丈夫ですよ。もうフロアには僕と田宮さん、二人っきりだから」

富岡は椅子から立ち上がると、ね、と俺にそう片目を瞑《つぶ》ってみせた。

「『ね』じゃないだろ」

俺は溜息をつきながら、

「頼むから仕事させてくれ。明日朝いちで持って行く書類なんだよ」

と真剣に彼に『懇願』した。

「……そんなに邪魔？」

富岡が口を尖《とが》らせ尋ねてくるのに、

「邪魔」

と即答すると、

「ごろちゃん……可愛くないなあ」

富岡はそんなふざけたことを言いながらも、ようやくパソコンの前からどいてくれた。

「一生懸命説明してる顔はホント、可愛かったのに」

「可愛くなくて結構」

男に可愛いも可愛くないもないだろう、と思いながら俺はすぐに仕事に集中し、一体どういう方向性のプレゼン資料を作るか、と腕を組んで考えはじめた。さっさとこれを仕上げて家に帰りたかった。『ガスならどうなるんだ』なんて思いつかなければよかった――って、結果を考えれば思いついて本当によかったんだが――などと思いながら、俺は家で俺の帰りを待っている良平のことを思った。明日から大阪出張だという彼から、さっき電話があったのだ。

『今、近くまで来とるんやけど、メシでも行かへん？』

珍しくも誘ってもらったのに、仕事が終わらず断ることになってしまった。申し訳ながる俺に、良平は、『ええって』と笑いながら、『じゃ、おウチでええ子にして待っとるわ』と電話を切った。

最近、会社が以前のように忙しくなってきてしまい、俺の方が遅く帰るという日が増えてきたように思う。腹を刺されての入院から復職して三カ月、はじめはリハビリの意味で仕事量を減らしてくれていたおかげで、俺は毎日早く帰り、毎日訪ねてくる――本人に言わせれば『帰ってくる』なのだが――良平のために晩飯をつくって出迎えることができていた。

が、会社もそんなに甘くはないようで、俺の復調にあわせてどんどん仕事量は前のように増えてきた。以前の、毎晩の深夜残業というところまではまだ忙しくはないが、残業しない日はないくらいにはなっている。アパートに帰って自分の部屋を見上げたとき、明かりがついていると俺は、良平に対してなんとなく申し訳ないというかなんというか――まるで共働きの主婦の心理のようだと、我ながら苦笑してしまうのであるが――そんな気持ちを抱《いだ》いてしまうのだった。

「そんなん、気にせんかてええよ」

良平に言えばきっとそう笑い飛ばしてくれるだろう。それでも疲れて帰って来る良平に飯や風呂を用意してあげられないことに、前はそれができていただけに、どうしても俺はもどかしさを感じてしまう。

自分だって働いているのだから当たり前のことだとは充分承知しているはずなのに、そして良平自身も、決して俺にそんなことを――家で飯をつくって風呂をたいて待っている、なんてことを――求めていないということも勿論わかりきってるはずなのに、この『もどかしさ』は俺の心の奥底に常に横たわっていて、どうしても消し去ることができないのだった。

良平から電話を貰《もら》ったのが七時半、八時半には余裕で家に着いているだろう。時計を見ると既に九時半を回っていた。富岡に邪魔されていた時間が今更のように惜しい。本当にあいつは——と、溜息まじりに彼の机を振り返ると、座っているはずの彼の姿はなかった。邪魔するだけ邪魔して帰りやがったな、と俺は彼に対する憤りを更に強めかけ——単に仕事が終わらないことの八つ当たりだ、と気づいて、自己嫌悪のあまりまた大きく溜息をついた。

と、そのとき、

「お疲れさまです」

不意に後ろから缶コーヒーが差し出され、俺は驚いて振り返った。

「行き詰まっちゃってるでしょ。頭冷やした方がいいっすよ」

富岡だった。わざわざこれを買いに行ってくれたんだろうか、と俺は椅子から立ち上がり、少しだけ息を乱している彼を見た。

「B1《ビーワン》?」

買いに行った場所を——地下一階の社員食堂に自販コーナーがあった——尋ねると、彼は、ええ、と笑いながら、

「はい」

と再びコーヒーを俺の前に差し出してくる。

「……サンキュ」

「どういたしまして」

缶コーヒーを受け取った俺に、富岡はにっこりと微笑んだ。彼が自分の分のプルトップを開けたのにつられて、俺も渡された缶を開け一口飲んだ。

「考えたんですけどね」

富岡は俺の横をすり抜けるようにして俺の椅子に座ると、パソコンの画面を見ながら、

「ガスはそれほどメリット出ないって話だったけど、電力・ガス併用にしたら……ガスの廃熱利用して電力に還元すれば、充分メリット出るんじゃないかなあ？」

カチャカチャとキイを叩きながらあっという間に彼はそういう欄を作り、計算式を入れてみせた。

「ほら。結構いい線、いくでしょ？」

得意げにそう振り返った彼に、俺は言葉を失ってしまった。

「この会社、ガスオンリーには電力会社との絡みから、多分できないと思うんですよねえ。さっきちょっと取引概況調べただけなんで、はっきりは言えないですけど、ま、廃熱利用っていうのもエコっぽくて受けはいいかなあ、と」

「富岡」

滔々《とうとう》と喋《しゃべ》り続ける彼の言葉を、俺は思わず遮った。

「え？」

富岡は一口缶コーヒーを飲んだあと、俺を真《ま》っ直《す》ぐに見返してきた。

「なんで？　俺、一言も会社の説明なんてしてないし……」

そうなのだ。さっきの立ち話のときに『ガスだとメリットが出ない』とは言ったが、それ以上のことは何も説明していないはずなのに、どうして彼はここまでの結論をこの短時間に導き出すことができたというのだろう。

「だって画面の上の方に会社名書いてあったし……」

富岡は、何を言ってるんだ、といったふうに笑った。

「だからって……」

自分がこんなに長時間かけて考えていることを、一瞬で解決されたことが悔しかったという気持ちもある。が、それ以上に、俺の仕事であるにもかかわらず、勤務時間外に彼が取引概況まで調べてくれた、という行為の方を申し訳なく思ってしまい、俺の声は自然と小さくなっていった。

「僕、理系ですから。計算の速さなら任せてくださいよ」

富岡は笑って椅子から立ち上がると、

「なんて顔してるんです」

と俺の頰に手を伸ばしてきた。

「やめろよ」

反射的に身体を引いて睨むと、富岡はあはは、と笑って、

「感激のあまり泣かれるかと思っちゃった」

と言いながら、今度は不意に顔を近づけてきた。

「やめろって」

「『お礼にキスしたい』って顔に書いてあるけど？」

「書いてないっ」

「そう？」

富岡は俺の腕を摑《つか》むと、強引に俺の身体を引き寄せ、

「それじゃ、書いといてください」

とにっこり笑いながら唇を落としてきた。

「やめなさいっ」

俺は両手で彼の胸を突っぱね――。

「うわっ」

「冷たっ」

持っていたコーヒーを勢いあまって彼の胸へとぶちまけてしまった。

「ひどいなあ」

染みになったらどうするんです、と、富岡は慌てて身体を離し、トイレに向かって走っていった。

「自業自得だろ」

その後ろ姿にぼそ、と呟《つぶや》きながらも、俺は再び彼が仕上げてくれたパソコンの画面へと目をやり、なんともいえない思いを胸に小さく溜息をついたのだった。


「酷《ひど》い目にあいましたよ」

Tシャツ姿の富岡が、トイレで洗ってきたんだろう、濡《ぬ》れたワイシャツを片手に俺の傍《そば》に戻ってきた。

「ふざけるからだろ？」

俺はプリントアウトした資料をホチキスで止めながら、彼の方を振り返りもせずそう答えてやった。

「『ふざける』なんて心外だなあ」

常に百パーセント本気なのに、と富岡は肩を竦《すく》めながら自分の席へと戻っていく。俺は荷物を纏《まと》めるとパソコンの電源を落とし、

「お先に」

と彼を振り返った。

「え？　もう？」

富岡は驚いたように振り返ったが、やがてまた肩を竦めて、

「お疲れさまでした」

と自分のパソコンへと向き直った。彼の机の上は書類が散乱して凄《すご》いことになっている。

随分忙しそうなその様子に、俺は彼の後ろまで歩み寄ると、

「大丈夫か？」

と声をかけた。これだけ自分が忙しいのに、俺のメリット計算までしてくれたと思うと、いくらこっちから頼んだわけではないとはいえ申し訳なく思ってしまう。

「駄目」

富岡が振り返りもせずに短く答える。

「え？」

駄目、と言われても……と思わず絶句した俺に、

「嘘ですよ」

富岡は振り返って、ふざけたように笑うと、またパソコンに向き直ってしまった。

「あのさ」

やっぱり——礼はちゃんとした方がいい。礼、というよりは謝罪だろうか。俺はそう思いながら、富岡の背に声をかけた。

「はい？」

富岡が不審そうに俺の方を振り返る。

「ワイシャツ」

そう言って手を出すと、

「え？」

富岡はますます不審げに俺を見返した。

「ウチで洗ってくるから」

「……え？」

富岡は驚いたような顔をしたが、すぐに笑って、

「いいですよ、クリーニングに出しますから」

と脇に丸めて置いていたシャツを手にとった。

「だって俺のせいだし……それに……」

俺は更に彼に手を伸ばしながら、

「……ほんと、ありがとな。助かった」

とぼそりとそう呟いた。

「え？」

富岡はまたぽかん、としかいいようのない顔で俺を見た。

「だから、メリット計算」

「ああ」

なんだ、と笑った彼に、

「その礼もしたいし、俺に洗わせてくれよ」

俺はそう言うと、強引に彼の手からシャツを奪いとった。

「いいのに」

富岡は苦笑しながら立ち上がり、俺のことを見下ろした。

「『お礼』はキスでいいですって」

「心を込めて洗わせていただきます」

相手にしていられない、と俺は馬鹿丁寧に頭を下げ、

「それじゃあな」

お先に、と踵《きびす》を返しかけ――いきなり後ろから強い力で抱き締められた。シャツを脱いでいるからか、彼のつけているムスク系の香りが、さっきよりも濃厚に俺を包み込む。

「おいっ」

離せよ、と暴れる俺に、富岡は、

「ほんとに田宮さん……可愛すぎます」

などとふざけたことを言いながら、尚《なお》も強い力で抱き締めてきた。

「可愛くない！」

「可愛いですよ……我慢しろって方が酷です」

「何の我慢だよっ」

ぜいぜい言いながら俺は必死で彼の腕から逃れると、後ろを振り返って彼を睨みつけた。

「何のって……」

富岡は何かを言いかけたあと、苦笑するように笑った。

「言ったら田宮さん、怒るからなあ」

「じゃあ聞かない」

富岡とこんな馬鹿げたやりとりをしている時間が惜しかった。一刻も早く帰りたいんだ、と俺は踵を返すと、そのままフロアを走り出た。

「ごろちゃん、また明日！」

「『ごろちゃん』って呼ぶなっ」

そう叫んだところにちょうどエレベーターが到着し、俺はそれに飛び乗ると下降する時間すら惜しいと点滅する階のボタンを見上げたのだった。

「ただいま」

結局家に帰り着いたのは十一時前になってしまった。俺が鍵を開ける音を聞きつけた良平がドアを開いてくれ、

「おかえり」

と俺を玄関先で抱き締めた。

「遅くなってごめん」

「なんで謝るの？」

良平は俺の顔を覗き込むと、

「おかえり」

と言いながら唇を塞《ふさ》いできた。『おかえりのチュウ』——いつもなら俺から彼にしているそのキスを、彼からしてもらうのはやっぱりなんだか慣れなくて、俺は鞄を持ったままの手を彼の背に回すかどうかを迷いながらも彼に抱かれるままに、唇を合わせ続けていた。良平は立ち尽くしている俺の背中を更に強い力で抱き寄せながら舌を差し入れてきたのだが、俺がそれに応《こた》えて舌を絡めようとした瞬間、不意に彼は唇を離したかと思うと、

「ごろちゃん？」

と眉《まゆ》を寄せて俺を抱いたまま顔を見下ろしてきた。

「なに？」

いつもと違う彼の様子に、俺も眉を顰《ひそ》めて彼を見上げる。

「……BVLGARI?」

言われた意味がわからなかった。が、良平がくんくんとまるで犬のように俺の首筋の匂いを嗅《か》ぎはじめたので、ようやく彼が何を尋ねているのかを理解し、俺は慌てて、

「違うよ」

と彼から身体を離した。

「違う?」

良平はそう尋ね返しながら、俺の持っていた紙袋へと目をやると――裸でワイシャツを持ち歩くのが恥ずかしくて駅前のコンビニで買ったのだ――無言でそれを取り上げた。

「おい?」

慌てて取り返そうとする俺の目の前で良平は袋から濡れたワイシャツを取り出すと、

「……これは?」

と俺を見下ろした。

「ワイシャツ」

笑いをとろうと思ったわけじゃない。何から説明していいのかわからなかったからなのだが、俺の答えに良平は著しく気分を害したようだった。

「……きっちり説明してもらわなあかんな」

良平はそう言ったかと思うと、やにわに俺の身体をその場で肩に担いだ。

「おいっ」

何が起こったのか一瞬わからなくなった俺の靴を脱がせると、良平は俺を担いだまま真っ直ぐベッドへと直行していった。

「おろせよっ」

手足をばたつかせる俺の抵抗など全く意に介さないように良平は大股《おおまた》でベッドの傍まで歩いてゆくと、ドサッと音が出るほど勢いよく俺の身体をその上に投げ下ろした。

「良平？」

背中に感じた痛みに顔を顰《しか》めつつ俺が彼を見上げると、

「なんでごろちゃん、他の男の匂いさせてる上に、ワイシャツまで持って帰って来たん？」

良平はそう言いながら、俺に覆い被《かぶ》さってきた。

「……良平？」

思わず名を呼ぶと、良平はまた俺の首筋へと顔を埋《うず》め、くんくんと匂いを嗅ぎはじめた。

「違うよっ」

誤解だ、と身体を起こそうとする俺の動きは、良平の押さえつける腕に阻止された。俺の両手首を捉《とら》えてベッドに押し付けながら、彼は尚も俺の首筋へと顔を埋めてくる。

「良平！」

俺はその名を叫んで、彼の顔を上げさせた。

「本気で俺が、『他の男と』どうこうしたなんて思ってるのかよ?」

そう睨み上げた俺の顔を、良平はしばし無言で見下ろしていたかと思うと、

「……思うてへんよ」

と言いながら、俺の両手首を離し、身体を起こした。俺に背を向けるようにしてベッドに腰掛けた彼に向かって、俺も半身を起こしながら、

「……そんなわけ、ないじゃないか」

と彼の背中にこつん、と頭をぶつけた。

「……せやね……」

良平が小さく呟く声が、彼の背中から響いてくる。

「……ワイシャツは会社の後輩ので、俺がコーヒー零《こぼ》しちゃったから洗うことにしたんだよ」

ムスクの香りも彼のものだ、と言おうかと思ったが、言えば言ったでまた痛くもない腹を探られる——というか、やっぱり俺のことを『好き』だと言う後輩がいるとはさすがに言い難《にく》くて、俺はそれだけ言うに留《とど》めると、またコツン、と良平の背に頭をぶつけた。

「BVLGARIは?」

俺の逡巡《しゅんじゅん》を一発で見抜いた良平がそう突っ込んでくる。

「ブルガリなの？」

「僕の鼻を舐《な》めたらあかんよ」

警察犬カール並やからね、と、良平は肩越しに俺を振り返る。

「カール？」

「カールはどうでもええんよ」

良平は溜息をつきながら、また視線を自分の足元へと戻してしまった。

「……ブルガリかどうかは知らないけど……」

隠し事はしない方がいいのか、それとも言わないで済むことは言わない方がいいのか——今まで付き合った女との仲をずっと思い起こした俺は、『言わずに済むことは言わない』道を選んだ。

「その後輩が飲み会のあと会社に戻ってきて、ふざけていきなり抱きついてきたもんだからコーヒー零しちゃって……」

嘘——ではない。ちょっとアレンジしただけだ、と自分に言い聞かせながら、ぼそぼそと説明しはじめた。が、

「ふざけて抱きついたぁ？」

良平が不意に大きな声を出したかと思うといきなり振り返ったものだから、彼の背にもたれかかっていた俺はバランスを失い倒れ込みそうになった。

「おっと」

俺の身体を支えてくれながら、良平は俺の両肩を摑むと、

「大丈夫やった？」

と俺の顔を覗き込んでくる。

「大丈夫」

彼の勢いに押されて頷《うなず》いてしまったあと、

「……って何が？」

今、倒れそうになったことじゃないよな、と思いつつ問い返す。

「んなもん、ごろちゃんの貞操に決まっとるやないか」

良平は冗談とは思えない口調でそう言うと、もう一度、

「ほんま、大丈夫やった？」

と俺の顔を見下ろしてきた。

「貞操って……」

思わず絶句してしまいながらも、良平の真剣な眼差《まなざ》しに押されるように、俺は、

「勿論……大丈夫だったけど？」

と、やはり真剣な顔で答えてしまった。

「そうか……」

あからさまにほっとした顔で良平は大きく溜息をつくと、

「ほんまにもう……」

と、俺の身体をぎゅっと抱き締めてきた。

「……良平……」

ちくりと胸が痛んだのは、彼に隠し事をしているという良心の呵責《かしゃく》だろうか——って、勿論やましいことは皆無なのだけれど。

敢《あ》えて富岡のことを話さないのは、良平に話したところで心配をかけるだけで、何の解決にもならないということがわかっているからだ。でも、これがもし逆の立場だったら、自分はどう思うだろう、と俺は一瞬考えかけ——考えるのをやめた。どう考えても、絶対に『隠し事はしてほしくない』と思うに決まっているからだ。

やはり話すべきか、と俺が良平の背を抱き締め返しながらそう思い、

「あの……」

と口を開こうとした瞬間、

「ほんまに……心配やわ」

良平が溜息まじりに呟いた。

「心配？」

問い返した俺の身体を更に強い力で抱き締めると良平は、

「一日中、部屋に繋《つな》いでおきたいわ」

などと冗談には聞こえない口調で囁いてくる。

「……やめような？」

彼の片手が後ろポケットに回ったのを目で追いながら、まさか本当に手錠でも出してくるんじゃないだろうな、と俺は慌てて彼から身体を離した。

「……なんでバレたん？」

まさに手錠を取り出した彼に、

「わからいでか」

と俺は溜息をつく。

「……たまにはこんなプレイも楽しいかもしれへんよ？」

「……普通が一番」

にまにまと笑っているところを見ると、良平の機嫌は直ったらしい。やれやれ、とほっとしながら、身体に染み付いているという富岡の匂いを洗い流そうと、

「シャワー浴びてくる」

と、俺はベッドから下りた。

「一緒に浴びよか？」

良平がそう声をかけるのに、

「浴びない」

といつもの調子で答えながら、浴室に向かう俺の背中に、良平の声が響いた。

「ごろちゃん」

「なに？」

いつもと少し違うその声音に、幾許《いくばく》かの違和感を覚え振り返る。

「……ほんまに……繋いでおきたい、思うとるんよ」

苦笑するように笑いながら、小さな声でそう告げた彼の顔があまりに切なげだったことに、俺は言葉を失ってしまった。

「……馬鹿」

俺は彼の方へと引き返してゆくと、ベッドに座る彼の身体を跨《また》ぐようにして座り、その首に両手を回した。そのまま唇を自分の唇で塞ぐ。自分の身体から立ち昇るムスク系の香りを疎ましく思いながらも、そんな思いを振り切るように俺は彼にしがみつき、唇を塞ぎ続けた。良平の手が俺の背中を捉《とら》え、シャツの上から撫《な》で回してくる。互いの口内を侵し合い、激しく舌を絡め合いながら、俺は薄く目を開いて彼の顔を見下ろした。その視線に気づいたのか、良平も薄く目を開く。自然と唇が離れてゆき、背中にあった良平の手も止まっていた。

「……良平だけだから……」

濡れた彼の唇が、部屋の明かりの下、やけに輝いて見えた。俺の唇も同じように濡れてい

るんだろうか——言葉を選ぶために唇を舐めながら、俺はぼんやりとそんなことを考えていた。

「……え？」

良平の濡れた唇が微《かす》かに開く。唇の上の光がそれにあわせて微かに動いた。その動きに誘われるように、俺はゆっくりと自分の唇を寄せながら、

「……良平以外の誰にもこんなことはさせないし……誰にもこんなことはしない」

そう囁いて唇を合わせようとした俺の身体を、良平は背中に回した腕に力を込めて自分の方へときつく抱き寄せた。

「……どんなこと？」

俺を見上げる彼の瞳もやけに輝いて見える。俺は無言のまま、少し身体を離すと彼がまだしていたタイを外し、シュルリと音を立ててそれをシャツの襟《えり》から引き抜いた。良平は俺の背中を支えたまま、俺がすることを黙って見上げている。煌《きらめ》く瞳が投げかけるその視線を痛いほどに感じながら、俺は彼のシャツのボタンをひとつひとつ外してゆき、全部外し終えると身体をずらして彼のベルトを外しにかかった。外しにくいためにそのまま床へとぺたんと座り込むのを、良平はやはり黙って見下ろしていた。かちゃかちゃと音を立ててベルトを外し、スラックスのファスナーを下ろそうとして、俺は彼が既に勃っているのに気づき、思わず顔を見上げた。良平は少し照れたような顔をして笑うと、俺の手を退《よ》けようとするかのよ

うに手を伸ばしてきた。が、俺はその手を払うと、ファスナーを下ろし、手を入れて彼自身を外へと取り出した。

「……ごろちゃん……」

少し掠《かす》れた良平の声を頭の上で聞きながら、俺はそれに顔を近づけ口へと含んだ。

「……っ」

良平が一瞬息を呑《の》んだのがわかった。今までしてもらったことは数え切れないくらいにあるのだけれど、俺がお返しに、と彼を咥《くわ》えようとすると、必ず良平は断った。

「ムリせんでええよ」

と笑いながら俺を抱き締めてくる彼に、無理なんかじゃ全然ないのに、と答えながらも、今まで誰のも咥えたことがないだけに——って当たり前の話だけれど——上手《うま》くやる自信もなければ、やはり心のどこかで抵抗を感じていた俺は、なんとなくほっとしてしまっていたのだった。

だが実際、はじめて彼を口にした今、俺の心を満たしていたのは、彼への愛しさだけだった。彼がいつもしてくれるように、ゆるゆると手で竿《さお》を扱《しご》きながら、できるだけ喉《のど》の奥まで彼自身を咥え込み、唇に力を入れながらまた外へと出してゆく。鈴口を舌で割るようにしながら先端を丹念に舐《ねぶ》り、また口の中へと収める。勃ちきったそれはとても全部は口に入りきらず、息苦しささえ感じていたが、俺は熱い彼の雄《おす》をしゃぶり続けた。次第に先端から透明

な液が零れはじめ、馴染《なじ》みのない味が口の中へと広がってゆく。が、嫌悪感はなかった。そ

の雫《しずく》が、彼が感じてくれている証《あかし》のように感じられ、もっと、もっとと俺は手で彼を扱き上

げながら、舌を這《は》わせていった。

「……ごろちゃん……っ」

切羽詰まったような良平の声が振ってきて、俺は彼を咥えたままその顔を見上げた。かち

りと音がするほどに目が合った途端、良平は、う、と低い声を漏らしたかと思うと、

「……もうあかん」

と苦笑し、俺の手から彼自身を取り上げようとした。そうはさせまいとなぜか意地になっ

てしまって、俺は再び目を伏せると彼を喉の奥まで飲み込もうとした。

「あかんて……」

良平が腰を引くのがわかったが、俺は彼の言葉を無視して手と口を動かし続けた。

「あかん」

不意に俺の両脇に良平の手が差し入れられたかと思うと、俺は無理やり彼の目の高さまで

身体を持ち上げられてしまった。潤んだような瞳の良平と目が合って、今更のように恥ずか

しさが込み上げてきてしまい、

「なんでだよ」

とぼそりと言いながら俺は彼から目を逸《そ》らせた。

「もう出てまうわ」

くす、と笑いながら良平が俺の身体をベッドに仰向《あおむ》けに下ろす。

「……出せばいいのに」

言った傍から、あまりにあからさまな言葉を発している自分に赤面してしまった。

「……顔赤《あこ》うしながら……ダイタンやねえ」

良平が笑いながら、俺のシャツのボタンを外してゆく。大胆ついでに、と、俺は再び身体を起こすと、

「あかんて」

と慌てた彼の股間《こかん》に顔を埋め、ふたたびそれを口に含んだ。

「ごろちゃん」

両肩に手をかけられたが、手で激しく扱き上げてやると彼の制止はやんだ。口に含んだ先端を舐りながら俺は更に手の動きを速めてゆき、やがて彼が声にならない叫びを上げながら俺の口の中で達すると、その先端から迸《ほとばし》るものを喉を鳴らして飲み下した。

「……っ」

その音にびくりと良平の身体が動いたかと思うと、更に俺の口の中に新たな液が発せられた。また俺はそれを飲み込むと、どくどくと脈打つそれをまるで清めようとでもするかのように、尚も丹念に舐め続けた。

「……飲んでもうたの……」

ぼそ、と良平が呟きながら、俺の髪をくしゃくしゃと掻《か》き回す。

「…………」

うん、と頷きながら、どうしても飲んでみたかった、と言ったら彼はどんな顔をするだろう、と思い、俺はなんとなく笑ってしまった。

「どないしたん？」

良平が俺の顎《あご》に手をやり、俺の顔を彼自身から離させる。

「……こんなこと、俺ができるのは……」

少し上気した良平の顔は、なんというか——眩《まぶ》しかった。希臘《ギリシャ》の彫像を思わせるその容貌《ようぼう》を見上げながら、俺は、

「俺がこんなことできるのは……良平だけだよ」

と彼に笑いかけた。

「……ごろちゃん……」

良平が俺の名を呼びながら、俺を抱え上げ激しく唇を合わせてくる。俺の口内をその舌でぐるりとかき回したあと、良平は唇を離し、

「……不味《まず》いわ」

と顔を顰めた。

「？」

俺は一瞬首を傾《かし》げかけたが、すぐに察して、

「馬鹿」

と笑うと、彼の首筋に食らいついた。

「ごろちゃんっ」

慌てたような彼の声を聞きながら、俺は音を立ててきつくそこを吸い、彼がいつも俺に残す紅《あか》い痕《あと》をそこへと刻んでやったのだった。


結局そのあと形勢は逆転し、最後は気を失うようにして俺は彼の腕の中に倒れ込んでしまった。

「……ごめんな」

意識を失う直前、彼がそう呟いたのを聞いたと思ったのは、夢、だったかもしれない。

いつの間にか、自分の身体からは富岡の残り香が消えていた。俺は安堵《あんど》の息を漏らすと、完全に意識を手放し、彼の腕の中で眠りについたのだった。

翌朝、朝一番の『のぞみ』で大阪へ行く、という彼をなんとか起きて見送ったあと、リビングの机の上に綺麗に畳まれたワイシャツを見つけた。驚いて広げてみると、それは富岡のワイシャツで、どうやら俺が寝ている間に、良平が洗濯し、プレスまでしてくれたらしい。

「俺より上手いじゃないか……」

パリッと糊《のり》の利いた綺麗な折り目に、思わず俺はそう呟くとまた丁寧にそれを畳みなおした。それにしても、洗濯機の回る音にすら気づかないほど、眠りが深かったとは我ながら驚きだ。良平が何を思ってこんなことをしてくれたのか、わかるような気もしたし、全く外しているような気もした。

ともあれ、これを富岡に返すときには、俺には良平しかいないということをきっぱりと彼に告げよう、と俺は思いながら、いってらっしゃい、と、さっき唇を合わせたばかりの良平の笑顔を思い出し、彼への愛しさを一人嚙《か》み締めたのだった。

湯けむり夢気分

「ただいまあ」

いつものように『ただいまのチュウ』——俺から言うと『おかえりのチュウ』だが——を交わしたあと、良平《りょうへい》が酷く嬉《うれ》しそうな顔で、

「これこれ」

と、ドラッグストアのビニール袋を差し出してきた。

「なに？」

受け取り、中を開いた俺の目に、箱に入ったいくつもの入浴剤と歯磨き粉が飛び込んでくる。

『下呂《げろ》温泉』『有馬《ありま》温泉』『道後《どうご》温泉』——一昔前に流行ったけれど、最近ではあまり見ることのなくなった『温泉の素』を手渡され、

「これ？」

と、俺は良平の顔を見返した。

「そろそろ歯磨き粉がなくなるな、思うてドラッグストアに行ったんやけど、そこでコレ、見つけてな。家でも温泉気分、味わいたい思うて買うて来たんや」

にこにこと、それは嬉しげに笑いながら良平は、俺が口を広げた袋の中を覗き込む。

「今夜はどこにする？　やっぱ思い出の『伊東《いとう》』かな。それとも『箱根《はこね》』？　ああ、僕の実家の近所の『有馬』もええなあ」

うきうきと袋から次々と温泉の素を取り出す良平の、次の台詞《せりふ》が何か、俺は既に察していた。

「せやから一緒に風呂、入ろ」

「いや」

予測できていたため即答した俺の前で、良平はそれは情けない顔になる。

「なんでや〜」

「狭いだろ？」

そもそもこのアパートは単身者向けで、風呂だって決して広くない。なのに良平はことあるごとに、一緒に入ろう、と誘ってくるのだ。

大の男二人して浸かるには、ウチの湯船はあまりに狭い。その上良平の『一緒に風呂に入る』目的は、八割方——いや、十割か——ただでさえ狭い湯船の中で、いちゃいちゃすることにある。

今まで彼のゴリ押しに負け、二、三度一緒に入浴したことがあったが、毎回俺は湯あたりして気を失ってしまっていた。

湯あたりの原因は当然、これまた良平のゴリ押しに負け、湯船の中でするには『不適切な』行為に耽《ふけ》ってしまったためで、これじゃ少しも『一日の疲れを癒す』ための入浴にならない。

とはいえ、俺の疲れなんてたかが知れている。案じているのは良平の疲れだ。激務に次ぐ激務で、疲れ果ててるに違いない良平をゆっくり休ませてやりたい。そう思うのに、ついつい欲望に流されて行為に耽ってしまう自分が情けない。

まあ、その『行為』に誘っているのは良平本人なのだけれど、だとしてもここは心を鬼にして『ノー』と言うべきじゃないか、と俺は思い、そう意思表示をしたのだった。

——が、良平は俺の気遣いをまったく無視し、今夜もゴネにゴネまくった。

「狭いことあらへんて。二人で充分、浸かれるやん」

「どこがだよ。それに良平、いつもエッチなことしかけてくるじゃないか」

「してへんよ」

「してる」

「わかった、そない言うなら今夜は絶対、エッチなことせえへんから」

な？　な？　と、それはもうしつこく食い下がられ、結局今夜も俺は、良平と共に入浴する羽目に陥ってしまったのだった。

「なんにする？　箱根？　下呂？」

浮かれに浮かれまくった良平が、温泉の素を俺の前に差し出してくる。

「なんでもいいよ」

温泉は勿論、嫌いじゃないが、温泉の素にどれだけの効用が期待できるのか、その点を疑問視していた俺の答えはおざなりになってしまったのだが、それを聞いて良平は口を尖らせ拗ねてみせた。

「ごろちゃん、ノリが悪いなあ」

「良平がノリノリすぎるんだろ」

我ながら意地悪すぎたかな、という突っ込みを良平は「イケズやねえ」と軽くかわすと、

「そしたら、お湯、張ってくるわ」

と、それこそ『ノリノリ』で浴室へと駆けていき、俺をそこはかとなく脱力させてくれたのだった。


「道後温泉……子供ん頃、行った気がするんやけど、こんな湯やったかなあ。ごろちゃんは行ったこと、あるか？」

「ない。四国だっけ？」

二十分ほどで湯船に湯は溜まり、そこに良平は『坊っちゃん』で有名な道後温泉の温泉の素を入れ、二人して入浴することとなった。

良平が湯船に浸かっている間、俺が身体を洗い、俺が浸かっている間は良平が洗う——という俺の提案は今回もまったく無視され、今、俺は狭すぎる湯船の中、良平に抱っこされるような状態で入浴していた。

そうしないと大人二人で湯船に入るのは無理だからなのだが、背後から抱き込まれているこの状況は、恥ずかしいことこの上ない。これでも最初良平が「向かい合わせになろうや」なんて言い出したのに必死に抵抗し、なんとかこの体勢に収まったのだ。

きつきつの浴槽の中、入浴剤のせいで濁った湯がちゃぷちゃぷと肌に当たる。それよりしっかり背中に感じる良平の体温のほうが熱い、と少し身体を離そうとすると、不意に後ろから伸びてきた手が俺の胸に回り、ぐっと身体を引き寄せられた。

「なんだよ」

「よっかかってくれてええよ」

肩越しに振り返ると、良平がにっこりと笑いかけてきた。

「いい。もう、身体洗うし」

腰のあたりに当たる良平の雄《おす》は彼の肌より更に熱く、しかもしっかりとその存在感を伝えてきている。

それを感じる俺の鼓動もやたらと速まってきてしまって、このままでは逆上《のぼ》せてしまう、と湯から出ようとしたのだが、良平はそれを許さなかった。

「まだええやん」

言いながら彼の両手が俺の胸の上を這い回る。

「よせって」

これではいつもの二の舞、と彼の手を払いのけようとしたのだが、良平は俺の手を避けるといきなり両手で俺の両方の乳首をきゅうっと抓《つね》り上げてきた。

「やっ……」

自分で言うのも恥ずかしいが、俺は胸をいじられるのに相当弱い。良平とこういう関係になって初めて気づいた己の身体の特徴を今も俺はこれでもかというほど再認識させられていた。

「や、やめろよっ」

抑止の声が震え、良平の手をはねのけようとする手の動きが止まるのは、痛いくらいの強さで良平が両方の乳首を摘んで引っ張り、捻り回しているからだ。

「……あっ……やっ……」

とうとう堪えきれずに声を漏らしてしまう頃には、俺の背はしっかりと良平の胸に預けられ、濁った湯面をちゃぷちゃぷと揺らすほどに身悶え始めてしまっていた。

浴室の中、俺のよがり声が天井や壁に跳ね返りやたらと反響して聞こえる。

自分の声なのにそうは聞こえないその切羽詰まった声が、ますます俺の欲情を煽《あお》り立て、息を上げ鼓動を速めてゆく。

「やめっ……あっ……」

またも良平が乳首をきゅうっと引っ張り、摘んだ先に爪を立ててきた。

「あぁっ」

強い刺激に、いつしか閉じてしまった瞼《まぶた》の裏に閃光が走り、天井から降ってくる声が一段と高くなる。

「……な、挿《い》れてもええ？」

いいながら良平が右手を俺の胸から下肢へと滑らせ、開いてしまっていた両脚の間から差し入れたその手で後孔をなぞり始めた。

「……あ……っ……」

間断なく与えられる愛撫に、最早意識も朦朧《もうろう》としていた俺は、問われた意味がわからぬまま、頷いてしまっていたようだ。

次の瞬間、良平の指がずぶりと中に挿入され、激しくそこをかき回してきた。湯が中に入るなんともいえない感触に眉《まゆ》を顰《ひそ》めたのも一瞬で、手早く解し終えた良平が俺の両脚を抱えるようにして身体を持ち上げ、後ろに勃《た》ちきった彼の雄をねじ込んできたときには、違和感は吹っ飛んでいた。

「あっ……やっ……ふか……っ……」

座位で突き上げられる、その深さに俺の口からあられもない声が放たれ、周囲に響きわたる。湯の中では身体が浮きがちになるのを良平は俺の両脚をしっかりと抱えて固定することで防ぎ、力強く突き上げ続けた。

「もうっ……あっ……あぁっ……」

最早限界、といやいやをするように首を横に振る。と、良平が「了解」と呟いた声が背後で響き、俺の片脚を離した彼の手が雄を摑むと、一気に扱《しご》き上げてくれた。

「アーッ」

その瞬間俺はやかましいくらいの大声を上げながら達してしまった。

「……っ」

良平もほぼ同時に達したようで、後ろにずしりとした精液の重さを感じる。はあはあと整わない息の下、身を乗り出すようにして唇を求めてきた彼を肩越しに振り返り、キスに応えようとしたそのとき、俺は自分がとんでもない粗相をしでかしたことに気づいた。

「あーっ」

なんということだ。うっかり湯を汚してしまったと、慌てて湯の中を見下ろした俺の耳元で、良平の笑いを含んだ声がする。

「どうせ温泉の素で最初から濁っとるさかい、別にええやん」

「ええわけないだろっ」

にやにやと笑う彼を振り返り怒鳴りつけると、良平が背後からしっかりと俺を抱き締め、唇を寄せ囁《ささや》いてくる。

「温泉の素の思わぬ効用やったねえ」

「馬鹿じゃないか」

いやらしげに笑いながら良平が、ついいつもの口癖を告げてしまった俺の唇を強引に塞いだ。

「ん……っ」

未《いま》だに中に収めたままの彼の雄が再び硬さを取り戻していくのを感じながら俺はそのまま、『温泉の効用』の恩恵にあずかるような行為へとまたも導かれていったのだった。

その日以降、良平は「今夜は何温泉にしよか？」と俺を、ほぼ毎晩風呂へと誘ってくる。入浴剤を浴槽に入れたがる彼の目的が何かわかるだけに俺は、安易に誘いに乗らないよう気をつけている。

さてと
ごろちゃんが寝てる間にアイロンを…
ん？
ごろちゃんよりは大きい奴やな
僕と同じくらいの体格か？
モヤ…
いやいや
しつこいのはアカンアカン
ブンブン
それにこのブルガリ野郎のおかげで思わぬ棚ボタもあったし…
ごろちゃんがあんなあんなことを♥
ドゥフフ
「ふざけていきなり抱きついてきたもんだから…」
はっ
再びモヤモヤ
ふざけて抱きつかれるてどんな状況やねん
ごろちゃんの隙につけ込みよってからに
いっぺん誰かつきとめてクギ刺さんといかんな
クソッ焦げる寸前までプレスしたる
呪いこめたろ
ジュウウウ
わぁあ
こんなにビシッとアイロンまでかけてくれて…
なんか田宮さんの愛を感じるなぁ♡
あっそれは良平が…
え？

あとがき

はじめまして&こんにちは。愁堂れなです。このたびは二十一冊目のルチル文庫となりました『罪な約束』をお手に取ってくださり、本当にどうもありがとうございました。

警視庁捜査一課の警視である良平と平凡な？　サラリーマンのごろちゃんの、二時間サスペンスチックなラブストーリー『罪シリーズ』の第二弾となります。

今回はトミーの初登場の本でもありました。最初は嫌な奴でしたね（笑）。

実はこの『罪な約束』は私が初めて商業誌で依頼を受けたもので（デビュー作はサイト掲載作だったので）、生まれて初めてプロットを立てたのもこの作品だったのでした。

デビュー前は『プロット』の存在自体を知らなかったので（ラストまで筋を考えてから書いたことがなかったという、いきあたりばったりさでした・汗）立て方がまるでわからず、当時の担当様におそるおそる聞いたところ、「企画書みたいなものでいいんですよ」というお答えを頂いたので、登場人物の相関図まで図解した（伝説のプロットと自分で勝手に言ってます・笑）のはついこの間のことのようなのに、早くもそれから七年の歳月が流れていることに愕然としてしまっています。

校正の際、あまりの拙さぶりに、あいたた、と思いはしましたが、初めてドラマCDにもしていただいた自分にとっても本当に懐かしいこの作品を、既読の方にも未読の方にも少しでも楽しんでいただけるといいなとお祈りしています。

イラストは勿論、陸裕千景子先生です。今回もまたイラストを全て描き下ろしてくださいました。お忙しい中、本当にどうもありがとうございました。

当時陸裕先生が描いてくださった二人（やトミー）も本当に素敵でしたが、今回もまた、かっこよすぎる良平に、可愛すぎるごろちゃんに惚れ直しました！　先生とこうしてシリーズを続けていくことができて本当に幸せです！　次作でもどうぞよろしくお願い申し上げます。

また、今回も大変お世話になりました担当のO様をはじめ、本書発行に携わってくださいましたすべての皆様に、この場をお借りいたしまして深く御礼申し上げます。

最後に何よりこの本をお手に取ってくださいました皆様に、心より御礼申し上げます。

復刊第二弾、如何でしたでしょうか。よろしかったらどうぞご感想をお聞かせくださいね。心よりお待ちしています！

次のルチル文庫様でのお仕事は、来月『灼熱の恋に身悶えて』（イラスト・雪舟薫先生）を発行していただける予定です。こちらも新装版になりますが、よろしかったらどうぞお手に取ってみてくださいね。

また皆様にお目にかかれますことを、切にお祈りしています。

平成二十二年九月吉日

愁堂れな

（公式サイト『シャインズ』http://www.r-shuhdoh.com/）

ノベルズのあとがきに書かせていただいていたSSをこのあと収録していただきました。トミーの男心？　を楽しんでいただけると幸いです。

おまけSS『後輩トミーの独り言』

だいたいなんだって僕が男を好きにならなきゃいけないんだ、と思う。合コンキングとまで言われた僕が——これは決して、自ら望んだ呼称じゃないが——何が楽しくて男なんぞにうつつを抜かしてるんだ、と我ながら呆れずにはいられない。

『やめろよ』

あからさまに嫌がられてるのはわかるのに、ついついちょっかいを出したくなってしまうのは、子供の頃からの『いじめっこ気質』のせいなのだろうが、自分でも不毛なことをしているという自覚がないわけでは勿論ない。男の彼にはなんと男の恋人がいて、僕の入り込む余地など一ミクロンもないということもわかっちゃいるが、どうしても諦めることが出来ないのは――彼を本気で好きだから、なんだろうと思う。

自分でも笑ってしまう。本気で好き――ケツの青いガキじゃあるまいし、本気も嘘気もないだろうと思うのだが、彼だけは――たとえ自分の方など少しも見ていないことがわかっていたとしても、彼だけは大切に守りたい、という思いを抱かずにはいられない。その眼差しが僕に向いていないとしても、彼には常に笑っていてほしいし、窮地に陥っていたら救い上げてやりたいとも思う。そんな役割など少しも求められていないことなど、わかりすぎるほどわかってはいるが、彼の上に安穏をもたらすことが出来るのなら、僕はどんな苦労も厭わずしてみせようとも思う。

――馬鹿馬鹿しいほどの純情。どんな女にも感じたことのないこの純情を、僕の心から引き出した彼――田宮さんは、今日も僕と背をあわせるように、オフィスで机に向かっている。

「ねえ、メシでもいきません？」

「いきません」

すげなく断るその顔が幸せそうであることが、何より僕をほっとさせる。いつの日かこの腕に抱きたいという思いは勿論ないではないが、今はこうして彼の幸せそうな笑顔を見ているだけでも、まあよしとするか、と思いつつ、今日もまた僕はしつこく彼にちょっかいを出し続けている。

✦初出　罪な約束……………………アイノベルズ「罪な約束」(2003年5月)
only you　………………アイノベルズ「罪な約束」(2003年5月)
湯けむり夢気分…………書き下ろし
コミック……………………描き下ろし

愁堂れな先生、陸裕千景子先生へのお便り、本作品に関するご意見、ご感想などは
〒151-0051 東京都渋谷区千駄ヶ谷 4-9-7
幻冬舎コミックス　ルチル文庫「罪な約束」係まで。

幻冬舎ルチル文庫

罪な約束

2010年10月20日　第1刷発行

✦著者　愁堂れな　しゅうどう れな

✦発行人　伊藤嘉彦

✦発行元　株式会社 幻冬舎コミックス
〒151-0051 東京都渋谷区千駄ヶ谷 4-9-7
電話 03(5411)6432[編集]

✦発売元　株式会社 幻冬舎
〒151-0051 東京都渋谷区千駄ヶ谷 4-9-7
電話 03(5411)6222[営業]
振替 00120-8-767643

✦印刷・製本所　中央精版印刷株式会社

✦検印廃止

ISBN978-4-344-82079-1　C0193　Printed in Japan